Histoire d'une puce pucelle qui voulut sauver le monde

Joël Carobolante

Histoire d'une puce pucelle qui voulut sauver le monde

Illustrations : Pixabay

© 2024 Joël Carobolante

Édition : BoD – Books on Demand, info@bod.fr
Impression : BoD – Books on Demand, In de Tarpen 42, Norderstedt (Allemagne)

Impression à la demande

ISBN : 978-2-3225-3701-3
Dépôt légal : avril 2024

Vous voulez ma vraie photo ?

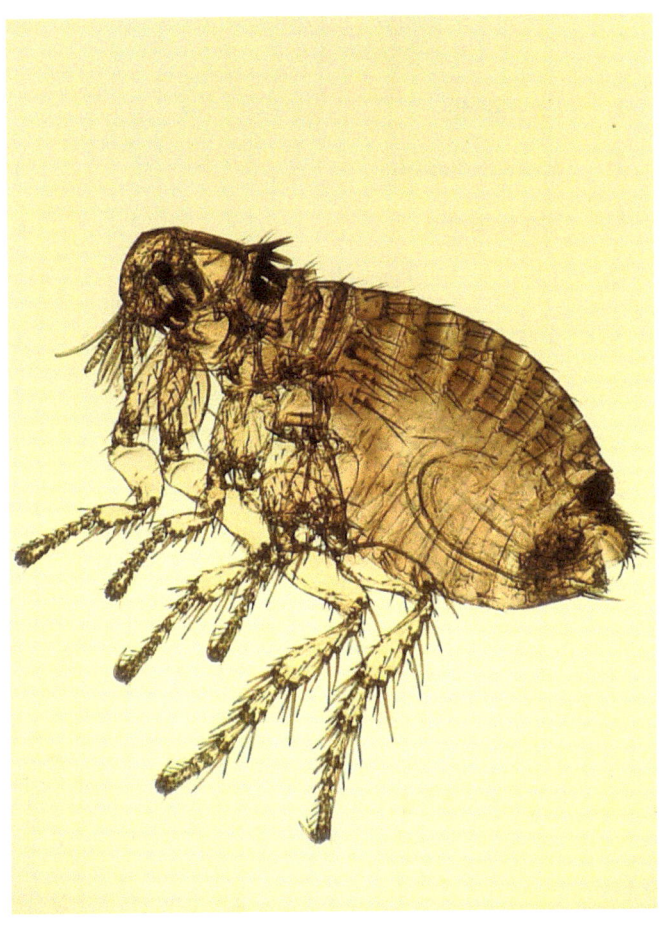

Table

I	La pucelle	7
II	Franck Frank	11
III	La réunion	17
IV	La voie de la pucelle	27
V	Les voix de la pucelle	41
VI	Le triomphe et la gloire	57
VII	Le monstre de Frankenstein	77
VIII	Le bûcher final	101
Appendice		109

I

La pucelle

Bonjour, je m'appelle Puce, et je suis une puce.

Quand ils se sont rencontrés, mon père était puceau, et ma mère était pucelle. En venant au monde, je ne pouvais donc qu'être puce et , de fait, puce je naquis.

En tant que fille de pucelle, ou plutôt d'ancienne pucelle, et pucelle moi-même, je me sentis vite promise à un destin extraordinaire. Des voix intérieures me prédisaient que j'avais un grand dessein à accomplir, mais je n'avais aucun idée de ce dont il pouvait bien s'agir. En outre, je n'avais personne à qui me confier : tout cela était si étrange, comment les autres puces auraient-elles pu me comprendre ? Peut-être que je me trompais, mais je les soupçonnais d'être à mille lieux de mes mystiques interrogations.

Vous vous dites que c'est impossible : une puce n'est qu'une puce, un misérable insecte, sans la moindre dose d'intelligence, fût-elle de dimensions homéopathiques. Une puce ne peut que vous piquer bêtement, alors que vous ne lui avez rien demandé, sinon de vous laisser tranquille. Et encore, vous piquer ? Mais qu'est-ce qu'une piqûre de puce comparée à une piqûre de moustique, d'abeille ou de guêpe ? La puce ne joue pas dans la même catégorie, c'est vrai ! Et comment pourrait-elle jamais avoir ne fût-ce qu'un soupçon d'intelligence ? Non, elle ne saurait vous raconter sa vie dans un livre. Une puce ne s'exprime que par ses mini-piqûres, non par on ne sait quelle écriture. Je suis sûre que vous pensez ainsi.

C'est vrai, vous avez mille fois raison. Mais vous ne savez pas tout. Ce n'est pas de votre faute : vous ne pouvez pas tout savoir. Ce que vous ignorez, c'est que je suis une puce spéciale, une puce programmée pour une mission précise. J'ai été conçue et je suis née dans un laboratoire de recherche scientifique lorrain, à Nancy. Je ne suis donc pas une vulgaire puce, et c'est pourquoi je peux m'exprimer dans ce livre. Pour faire simple, et ma modestie naturelle dût-elle en souffrir, je dois vous confesser que je suis une puce intelligente.

Comment une puce pourrait-elle être intelligente ? vous demanderez-vous sans doute. Peut-être en modifiant ses gênes pour qu'elle se mette à écrire ses mémoires ou faire quoi que ce soit d'autre de plus sensé qu'une vulgaire piqûre ? Ce ne fut pas le cas pour moi : je suis restée une puce naturelle, « bio » si vous voulez (comme vous le dites si bien), je ne suis pas devenue transgénique ou je ne sais quoi d'autre. Une puce « pucée » alors ? Les savants injectent parfois une puce électronique dans un insecte pour mieux le contrôler ou le suivre. C'est le cas, par exemple, pour les mouches drosophiles ou pour les papillons. Fort bien, mais pensez-vous vraiment que l'on pourrait injecter une puce dans une puce ? Je veux dire, bien sûr, croyez-vous qu'il serait possible d'injecter une puce électronique dans une puce tout ce qu'il y a de plus puce, la puce que l'on peut trouver enfouie dans les poils d'un chien ou d'un chat, voire sur vous-même ? Je pense que vous voyez tout de suite le problème : une puce, c'est vraiment tout petit – j'entends la vraie puce – beaucoup trop petit pour y injecter une puce électronique, même toute petite. La miniaturisation a beau faire des progrès, il y a quand même des limites. Si vous aviez rêvé d'un mariage entre une puce électronique et une vraie puce, c'est raté ! Point de mariage, ni de bébés puces ! Point de puces mi-insectes, mi-robots ! Je vous l'accorde, si cela eût été possible, cela eût pu donner au final quelque chose d'intéressant, relevant de la science-fiction à l'échelle des puces. Mais non, si je peux m'exprimer ainsi dans ce petit livre, ce n'est pas grâce à une puce électronique, ni à des électrodes qui relieraient mon cerveau à un ordinateur. Ni non plus grâce à des nanopuces, des nanoparticules, ou encore à je ne sais quoi d'autre du domaine de la physique quantique. Tout n'est pas encore possible avec ces êtres minuscules que sont les puces. Un jour, sans doute, il en sera autrement. Des découvertes extraordinaires nous attendent au tournant, et les puces, les vraies, vous surprendront certainement. Songez à tout ce que vous pouvez faire dès maintenant avec ces pseudo-puces que sont les puces électroniques ! Elles sont partout, vous ne pouvez plus vous en passer ! Eh bien, les vraies puces n'ont pas dit leur dernier mot ! Un jour, elles aussi vous épateront encore, n'en doutez pas ! En attendant, pour me permettre de m'exprimer, mes savants lorrains ont alimenté une intelligence artificielle, afin qu'elle puisse, autant que possible, traduire en mots ce que j'ai vécu et ressenti. Ah ! l'intelligence artificielle ! C'est un domaine on ne peut plus à la mode, dont on ne cesse de parler, en bien comme en mal ! Rassurez-vous : dans mon cas, au moins, son utilisation a été très limitée, je l'ai dit, juste un peu comme un système de traduction automatique. Vraie puce j'étais, et vraie puce je suis restée !

Vous penserez sans doute que ce procédé pour exprimer en mots mes actes et mes ressentis n'est pas parfait, mais ne doutez pas qu'il se rapproche de la réalité. Moi-même, j'en suis la première étonnée (vous me direz que c'est l'intelligence artificielle qui s'exprime ainsi, non moi la vraie puce, mais passons...). Quand vous lisez ces lignes, c'est donc comme si vous me lisiez, moi, la vraie puce. Après, il a fallu toute l'ingéniosité et l'efficacité de quelques savants, et d'un en particulier, pour me porter où je suis maintenant, car si je suis une vraie puce, je suis quand même issue d'un élevage sélectif. Je suis donc une puce naturellement améliorée ! Je ne vais pas vous en révéler tous les secrets, mais dans ce livre je vous raconterai quand même mes actions et je vous ferai partager mes ressentis, sinon mes pensées. Mon œuvre, en somme, l'œuvre de ma vie, mon chef d'œuvre, si vous voulez. N'ayez crainte : ce ne sera ni trop long, ni trop compliqué. Une petite puce a beau avoir accompli une œuvre exceptionnelle, en tous points remarquable, elle sait encore se tenir, rester à sa place, ne pas se prendre pour plus grande qu'elle n'est. Alors, écoutez-moi maintenant, sans m'interrompre ! Merci !

II

Franck Frank

Ma petite patrie, c'est la Lorraine, là où je suis née. La Lorraine ! D'un point de vue géographique, ce n'est certes pas le cœur de la France, ce n'est assurément pas son centre, mais en ce qui concerne l'histoire, c'est bien là que son cœur a battu le plus vite. La croix de Lorraine, emblème de la France libre pendant la Seconde Guerre mondiale, symbolise le lien l'unissant à la nation française. Seule région frontalière de trois pays – la Belgique, le Luxembourg et l'Allemagne – et longtemps possession du Saint-Empire romain germanique, la Lorraine a vu son histoire tumultueuse liée à celle de l'Alsace. En partie rattachée avec elle à l'Allemagne de 1871 à 1918, la Lorraine a particulièrement souffert lors de la Première Guerre mondiale, à Verdun et ailleurs. L'histoire de la Lorraine, outre celle des guerres, c'est aussi celle de Jeanne d'Arc, native du village appelé aujourd'hui Domrémy-la-Pucelle, à quelques dizaines de kilomètres de Nancy. La Pucelle ! Pucelle comme moi ! Pucelle j'étais, et je le suis restée dans mon laboratoire, car son directeur et les scientifiques qui se sont occupés de mon cas n'ont jamais prévu de prince charmant pour moi. Peut-être que, dans le cadre de leurs recherches, ce n'était tout simplement pas possible ou souhaitable. Je ne leur en veux pas : ma destinée était ailleurs. Certes, j'ai eu une autre vie les fois où je suis sortie du laboratoire, mais je vous raconterai cela plus tard. En tout cas, native de Lorraine, j'ai forcément entendu parler de la Pucelle (celle de Domrémy), dès ma plus tendre enfance.

Quel rapport avec moi ? Je vous rassure : je n'ai jamais entendu de voix me demandant de bouter hors de France qui ce soit ! Heureusement, car je crois savoir que depuis Jeanne la Pucelle le nombre d'étrangers en France a quelque peu augmenté. Mais je ne veux pas, et je ne vais pas polémiquer ! Ce n'est pas le sujet ! Par contre, je me dois de vous dire que je me suis vite sentie appelée à faire quelque chose, non seulement pour mon pays la France, mais même pour beaucoup plus, pour le monde entier ! Vous allez vous demander comment une simple puce, pucelle de surcroît, pourrait connaître quelque chose du monde et de la vie. Vos interrogations me paraissent légitimes, et je vais volontiers vous répondre. Mais avant cela, il faut que je vous parle un peu plus de mon laboratoire natal. C'est un laboratoire spécialisé dans la recherche médicale, plus particulièrement dans la prévention des maladies, notamment des épidémies et pandémies. Rien que de plus normal, en somme, sauf que son directeur, Franck Frank (le premier Franck est son prénom, l'autre, c'est son nom, attention à l'orthographe), natif de Domrémy-la-Pucelle (comme par hasard !), s'est un jour senti investi d'une mission spéciale. Non, il n'a pas entendu des voix, quoique...

C'était en février 2022, lors de l'invasion de l'Ukraine par la Russie poutinienne. Franck Frank avait alors compris que le monde marchait sur la tête. Dans le cas concerné, c'était principalement le dirigeant russe qui avait assurément perdu un boulon en envahissant un pays voisin, au mépris de toutes les règles de droit et de tous les accords internationaux. Mais en y réfléchissant, il n'y avait pas que lui. Des guerres, il y en avait encore ailleurs, dont on parlait moins. Et puis, il y avait aussi la pandémie de Covid-19 dont le monde n'était pas encore sorti, alors même qu'elle avait fait des milliers et des milliers de victimes. Comme si cela ne suffisait pas, il y avait encore le très grave problème du dérèglement climatique, avec ses nombreuses conséquences, dont notamment des canicules plus fréquentes, et puis le manque d'eau, la sécheresse ici et là – alors même qu'il y avait encore des inondations, que le niveau des mers ne cessait d'augmenter et que l'érosion menaçait de nombreuses côtes dans le monde entier. Un peu partout, la mer avançait sur les terres. Certes, la Lorraine n'était pas menacée (il y avait de la marge), mais Franck Frank ne s'en sentait pas moins concerné.

Que faire ? s'était-il alors demandé. Oui, que pouvait-il faire à son niveau, en tant que scientifique, et plus précisément en tant que chercheur ? Pour la pandémie, il ne pouvait assurément pas faire grand chose. De toute façon, les vaccins étaient là, et la pandémie était en régression. Quant au dérèglement climatique, le sujet était énormément vaste. Certes, comme tout un chacun, Franck Frank pouvait essayer de diminuer son empreinte carbone, mais il savait bien que cela aurait fort peu d'incidences sur l'évolution du climat. Quant à la paix dans le monde, il n'avait pas la prétention de croire qu'un petit scientifique comme lui pourrait changer le cœur des hommes pour rendre ceux-ci un tant soit peu plus raisonnables. Pour parler de paix, il y avait les Nations-Unies, certains dirigeants, des associations et des organismes internationaux, des sages et des philosophes, des religieux aussi – mais pas tous. En fait, c'était le bazar. Il y avait pas mal de personnes qui prônaient la paix, mais la paix n'était toujours pas là. Elle avait de multiples apôtres, mais au final, ils étaient tous impuissants.

Franck Frank se dit alors qu'il faudrait vacciner l'humanité contre la violence, la haine, la jalousie, le racisme et tout ce qui allait avec – bref, contre la bêtise. Idée creuse ! Il n'y avait aucun vaccin de ce type sur le marché ! Fallait-il l'inventer ? Et, même si quelqu'un était assez génial pour l'inventer, comment vacciner des milliards de personnes ? L'idée semblait se détruire d'elle-même.

Comme de nombreux chercheurs, Franck Frank faisait des expériences sur des animaux : des souris, des rats, mais aussi des insectes. Justement, il en était là dans ses pensées quand un beau jour (façon de parler, il pleuvait) une autre idée lui vint. Il réfléchissait tout en regardant une bande de puces qui étaient devant lui. En fait non, elles étaient devant lui, mais il les voyait sans y penser, donc il ne les regardait pas, car il avait la tête ailleurs. Et puis, soudain, il se dit que ses pensées étaient absurdes, il secoua la tête, et ce fut alors qu'il regarda les puces, et l'une d'entre elles en particulier. Tel Archimède avec son « Eurêka ! », il se réjouit aussitôt de sa trouvaille. Oui, bien sûr ! C'était cela !

Pour sauver le monde de lui-même, il fallait faire appel à la plus petite créature qui soit – ou l'une des plus petites – cette fameuse puce qu'il avait devant lui. Inutile de vous préciser que cette puce, c'était moi ! Je pense que vous l'aviez deviné. J'étais là, dans ce laboratoire, avec mes copines, chacune dans sa cage vitrée, et nous attendions notre nourriture. Car à part manger et faire je ne sais quoi d'autre, nos journées se suivaient sans avoir jamais rien de spécial. En tout cas, personne ne nous avait encore demandé de sauver le monde ! Car il s'agissait rien de moins que cela !

Pour Franck Frank, le monde devait être sauvé par la puce, car c'était un petit insecte qui, à défaut d'être populaire ou de passer pour un animal de compagnie, convenait quand même le mieux pour la mission à laquelle il songeait. Mieux en tout cas que les mouches, moustiques, tiques, punaises, guêpes, abeilles et compagnie. Dans le lot, les abeilles avaient certes meilleure réputation, mais elles étaient beaucoup trop grosses pour ce à quoi pensait Franck Frank. Les puces avaient bien un petit passé sulfureux : elles avaient jadis propagé la peste en Europe, ce qui avait quand même décimé la population. Mais bon ! Tout cela était oublié ! Maintenant, le terme « puce » était devenu affectueux : on disait « ma puce » à son enfant ou à son animal de compagnie, voire à une amie ou à un ami, ou encore à la personne aimée. On employait aussi l'expression « se mettre la puce à l'oreille » de façon positive. Et puis encore, on parlait du « marché aux puces » de façon plutôt sympathique et nullement péjorative. Même l'expression « secouer les puces de quelqu'un » n'était pas bien méchante.

Franck Frank admettait certes que les puces pussent («pussent » : voyez ma culture ! Du moins celle de mon intelligence artificielle... C'est l'imparfait du subjonctif du verbe « pouvoir » ; il faut l'employer ici si l'on veut respecter la concordance des temps en langage châtié), que les puces, donc, pussent avoir de petits défauts, comme de piquer leurs hôtes, ce qui pouvait causer des démangeaisons, des irritations ou des allergies – sans parler de la peste bubonique, mais on en a déjà parlé, on ne va pas y revenir sans cesse. C'est passé, oublié !

En tant que puce, je suis entièrement d'accord : passons outre ces petits désagréments sans importance. Et puis, je sais bien que vous les humains qui avaient des chiens ou des chats, vous leur mettez des colliers anti-puces, sans vous soucier vous-mêmes du bien-être des puces. Vous nous considérez comme des parasites, des nuisibles à éliminer, sans autre forme de procès – tandis que Franck Frank, mon maître, mon géniteur même, nous voyait bien autrement. Pardonnez-moi le jeu de mots si facile : à force de nous regarder, cela lui avait mis la puce à l'oreille. De fait, pendant longtemps, cela cogita fort dans son cerveau : il avait une idée derrière la tête, mais elle lui semblait trop tordue pour qu'il lui fît face et l'exprimât publiquement.

Il est maintenant grand temps de lui laisser la parole. Nous allons le retrouver lors d'une des réunions qu'il organisait périodiquement dans son laboratoire avec ses collaborateurs.

III

La réunion

– Bonjour à tous. Nous allons commencer. Un peu de silence, s'il-vous-plaît ! Bien ! Je voudrais vous faire part d'une idée que j'ai eue.

Ses collaborateurs se turent et se tournèrent vers Franck Frank, leur directeur et maître à penser. Ils étaient tout ouïe comme un seul homme. En fait, il y avait autant d'hommes que de femmes. C'était la parité parfaite : six hommes et six femmes. Ils se nommaient Kevin, Teddy, Romain, Yann, Quentin, Guillaume, Amélie, Julie, Camille, Mathilde, Marie et Stéphanie. À eux douze, ils en connaissaient un brin sur les animaux, et en particulier sur les insectes, ainsi que sur les maladies, les virus et les bactéries. Ils n'étaient donc pas du genre à avaler facilement des couleuvres. Franck Frank le savait : ils étaient à prendre avec des pincettes.

– Vous savez que le monde va mal, reprit-il, tout en se disant que ce qu'il disait était plutôt stupide : pourquoi répéter ce que tout le monde savait ? Ça commençait mal ! Quelque peu dépité, il allait cependant continuer de discourir, quand Amélie prit la parole :

– On ne le sait que trop ! La pandémie de Covid-19 n'en finit pas de finir ! Et puis, il y en aura sans doute d'autres à l'avenir. On ne peut quand même pas prévoir à l'avance des vaccins pour des pandémies qui n'existent pas encore !

Franck Frank opina de la tête :

– Certes, certes ! Et c'est justement ce dont je voulais vous parler ! Au lieu de nous intéresser aux vaccins, nous pourrions intervenir différemment. Nous sommes des spécialistes des insectes. Je pense que certaines de nos chères petites bêtes pourraient nous aider à modifier quelque peu la situation générale. J'entends dans un sens positif, bien sûr !

Ses collaborateurs se regardèrent sans comprendre. Ils craignaient le pire : leur directeur était célèbre pour son verbiage. Ils se méfiaient donc.

– Oui, mais nous, on n'entend déjà rien à ce que tu dis !

Franck Frank sourit poliment à cette remarque de Romain, puis il reprit :

– Certes, certes ! Comment dire ? Ce que je veux dire, c'est que le monde pourrait aller mieux, et que nous pouvons peut-être, éventuellement, faire quelque chose pour cela. Beaucoup de gens n'aiment pas trop les vaccins, ou les refusent même. Par contre, si c'est la nature qui s'en charge, ils ne peuvent rien y faire ! C'est naturel, c'est normal, c'est la vie ! Vous comprenez ?

– Pas vraiment ! répondit Mathilde, alors que ses collègues secouaient la tête pour faire signe que non.

– C'est pourtant clair ! s'exclama Franck Frank. Les insectes peuvent remplacer les vaccins ! Là est l'idée !

– Tu veux que les insectes piquent les gens ? Mais c'est ce qu'ils font depuis toujours ! Et ça fait chaque année des centaines de milliers de morts ! C'est quoi, cette histoire ?

Franck Frank leva les mains, comme pour demander le silence. Il s'était attendu à cette remarque de Teddy et aux murmures désapprobateurs de ses collaborateurs. Cela le fit même sourire :

– On se calme ! On se calme ! Vous vous doutez bien que ce n'est pas ce que je veux ! Enfin, si ! Je veux que les insectes piquent les gens, mais dans le bon sens ! Au lieu d'inoculer des maladies, je veux qu'ils inoculent la santé et le bonheur, la paix et la joie ! C'est simple à comprendre, non ?

Les douze collaborateurs de Franck Frank le regardèrent sans rien dire : pour eux, c'était clair, leur directeur avait pété un plomb. Le surmenage, sans doute... Que pouvait-on répondre à cela, à ces propos si délirants ? Stéphanie s'y risqua pourtant :

– Enfin, Franck, on n'inocule pas la paix comme ça ! On inocule des bactéries, des virus, mais jamais des comportements ! On ne te comprend plus, là !

Franck Frank sourit. Au fond de lui, il était tout content de son effet de surprise. Il se réjouissait de voir ainsi son équipe soudée dans les mêmes pensées, malgré que ce fût contre lui. Il avait là une équipe unie dans laquelle l'ambiance était toujours fort conviviale. Le tutoiement de rigueur aidait à la décontraction, le travail se faisait en général sans trop de stress, tout cela entretenait un esprit quasi familial. En outre, Franck Frank connaissait bien chacun de ses collaborateurs : il les avait tous recrutés lui-même. Leurs curriculum vitæ n'avaient pas de secrets pour lui. Il était même au courant des relations intimes qui pouvaient exister ou avaient existé entre certains d'entre eux.

– Mais calmez-vous ! reprit-il, toujours tout sourire. Je sais bien que les comportements ne se transmettent pas par une piqûre. Mais un comportement, qu'est-ce que c'est ? De quoi dépend-il ? Il dépend des circonstances, mais c'est aussi une question d'hormones et de microbiote. Notre style de vie a une influence sur nos hormones. Vous savez tous aussi que notre microbiote intestinal – tous ces micro-organismes qui vivent dans notre intestin – influence notre humeur. Et vous savez tous très bien que certains médicaments peuvent aussi l'influencer. Tout cela, c'est de la chimie. Pour faire le bonheur des gens, il faut donc leur inoculer ce qu'il faut ! Ce n'est pas plus compliqué que cela !

– Décidément, ça ne s'arrange pas ! murmura Camille à Stéphanie.

Franck Frank, qui n'avait rien entendu, continua :

– Et ce sont les insectes qui vont inoculer ce qu'il faut ! Pas des hormones, bien sûr, mais autre chose ! Par exemple, au lieu de transmettre des virus pathogènes, les insectes vont transmettre ce qu'on pourrait appeler des virus apaisants ! Il ne nous reste plus qu'à les inventer ! Ce n'est pas plus compliqué que cela !

Franck Frank se tut alors, tout content d'avoir créé la surprise parmi ses collaborateurs qui n'en revenaient pas, et ne savaient pas quoi répondre, tellement les propos de leur directeur leur semblaient à tout le moins insensés.

– Mais c'est insensé ! s'exclama justement Yann au bout d'un long moment.

Franck Franc ne put s'empêcher de rire, ce qui déclencha l'hilarité générale. Amélie et Marie en eurent même les larmes aux yeux. Après un long moment, le directeur reprit, encore tout joyeux :

– J'ai longtemps réfléchi à la question, et j'ai commencé mes propres recherches sur le sujet. Mais j'ai besoin de vous, car moi tout seul, je n'y arriverai jamais ! Je vous ai parlé des virus, mais il n'y a pas qu'eux ! Il y a aussi les bactéries. Rappelez-vous également du protozoaire *Toxoplasma grondii*, ce parasite microscopique qui donne la toxoplasmose. De très nombreuses personnes sont contaminées pendant leur enfance, mais elles produisent ensuite des anticorps qui les protègent. Par contre, chez les personnes qui n'ont pas cette immunité et qui sont affaiblies, ainsi que chez les femmes enceintes, les conséquences peuvent être graves. Chez nos amies les souris, le toxoplasme parvient même à les zombifier ! Et cela, à cause des chats ! Le toxoplasme n'a qu'une cellule. Sous forme sexuée, il se reproduit dans l'intestin des chats. Ceux-ci expulsent les œufs avec leurs excréments. Si une bête ou un humain entre en contact avec de l'herbe souillée ou avec la litière d'un chat, la contamination peut commencer : les œufs éclosent. Les toxoplasmes se clonent alors à l'intérieur de leurs hôtes. Ils y forment des kystes, notamment dans le cerveau. Chez les souris, c'est beaucoup plus intéressant pour eux que chez d'autres bêtes, car si la souris se fait dévorer par un chat, le cycle peut recommencer. Mais les souris se méfient des chats et évitent ce genre de rencontres ! Pour forcer le destin, si l'on peut dire, les toxoplasmes enkystés dans le cerveau des souris modifient ce dernier : les souris en viennent même à apprécier l'odeur de l'urine des chats au lieu de la fuir, et ils se font manger tout crus ! Des expériences chez les rats ont montré que les toxoplasmes reconnectent en fait les lignes de communication du cerveau, de sorte que quand un rat détecte l'odeur d'un chat, il croit renifler celle d'une rate en chaleur. Un rat ainsi contaminé a plus de dopamine, l'hormone eu plaisir. D'autres études ont montré que les toxoplasmes avaient aussi une influence sur le comportement des humains. N'est-ce pas étonnant ?

– Tu veux modifier le cerveau des gens avec la toxoplasmose ? ! Mais c'est du délire !

Franck Frank secoua la tête, devant la mine horrifiée de Kevin :

– Ai-je jamais dit cela ? Ce que j'ai dit, et ce que je dis, c'est qu'on peut modifier les comportements humains de diverses manières, notamment par les bactéries, les virus, et les protozoaires, ce que sont les toxoplasmes. Bref, par plusieurs micro-organismes, ce qu'on appelle des microbes. Dans le cadre de notre recherche pour, en quelque sorte, assagir l'humanité, nous devrons déterminer quel micro-organisme pourra être retenu. Il va de soi qu'il faudra faire appel au génie génétique pour le modifier. Et puis, il faudra déterminer quel insecte sera choisi pour piquer la population.

– Mais c'est dantesque ! s'exclama Guillaume. Et c'est totalement contraire aux règles éthiques les plus élémentaires ! C'est tout à fait illégal ! Accepter cela, ce serait la porte ouverte à je ne sais quoi ! Pour moi, c'est hors de question !

Ses autres collègues approuvèrent à l'unisson. Franck Frank sourit une nouvelle fois :

– Tout cela, je le sais fort bien ! Rassurez-vous, il ne s'agit pas de faire des êtres humains des zombies ! Non, tout au plus de leur injecter naturellement quelque chose d'apaisant pour calmer un peu leur ardeur belliqueuse. Rien de plus ! Bien sûr, tout cela devrait être bien contrôlé. C'est là que le choix du produit est délicat : un virus serait le plus efficace, car il peut se propager facilement, rapidement. Par contre, il risque d'échapper à notre contrôle. Et s'il mute, qui sait ce qu'il peut devenir ? Le rêve peut se transformer en cauchemar. C'est pourquoi je pencherais plutôt pour des protozoaires, comme les toxoplasmes. Cela peut être un point de départ. Après, il faut faire intervenir le génie génétique pour que cela aille dans notre sens, celui d"un micro-organisme apaisant. Cette solution permettrait d'éviter les dérives d'un virus qui échapperait à notre contrôle. Qu'en pensez-vous ?

Ses collaborateurs se regardèrent et commencèrent à débattre entre eux. En fait de débat, la suspicion régnait encore entre eux à l'égard du projet de leur directeur. Celui-ci le remarqua :

– Je sais, cela vous pose des problèmes d'éthique. Même si c'est pour la bonne cause, la fin ne justifie pas toujours les moyens. Je n'obligerai donc jamais personne à me suivre. Je sais aussi qu'il faut être prudent avec le génie génétique, et je sais encore que les protozoaires peuvent causer des maladies, comme le paludisme et la dysenterie. Cela dit, les techniques de génie génétique sont maintenant bien contrôlées, et je vous rappelle que notre planète est avant tout celle des micro-organismes. Ils étaient là avant nous, et ils seront encore là après nous. Alors, s'ils peuvent nous donner un petit coup de main, pourquoi pas ? Bien sûr, ces recherches devront rester secrètes. Demander les autorisations nécessaires prendrait trop de temps. Je vous laisse réfléchir. Qui m'aime, me suive ! pourrais-je dire. Sauf qu'ici, il s'agit d'œuvrer pour le bien de l'humanité, pour apporter la paix, l'entente entre les peuples, et la sérénité au niveau individuel. J'ai déjà trouvé un nom de code pour cette opération : ce sera l'opération « Pacem in Terris », d'après le nom d'une lettre encyclique du pape Jean XXIII. Que ceux qui sont intéressés m'en fassent part. Prenez votre temps pour réfléchir. Mais sachez que plus vite on se mettra à l'œuvre, plus vite on avancera vers la solution. Je vous remercie. La réunion est terminée, mais vous pouvez continuer d'en discuter entre vous.

Franck Frank se retira, tandis que ses collaborateurs se mirent effectivement à discuter entre eux. Ils connaissaient bien leur directeur, ils savaient que jusqu'à présent, ils avaient pu lui faire confiance, mais là, c'était un peu différent. Comment imaginer faire le bonheur des gens malgré eux ? Les faire piquer par un insecte pour qu'ils soient, sinon heureux, du moins quelque peu apaisés, l'idée même était des plus dérangeantes et des plus inquiétantes. Cela rappelait trop tous les dictateurs de l'histoire qui s'étaient crus missionnés par le destin pour faire le bonheur de leurs peuples, ce qui n'avait causé que la guerre et la misère, des souffrances et des morts. Les idéologies utopistes n'ont jamais amené que le fanatisme et le malheur, et sont assurément à fuir comme la peste.

Bien sûr, nul ne pensait que Franck Frank fût un dictateur en herbe : ses coéquipiers savaient bien qu'il n'avait aucune visée politique, et que ses intentions partaient d'un bon sentiment. Mais ils savaient aussi que leur directeur n'était pas éternel et que, d'une manière ou d'une autre, le micro-organisme apaisant qui restait encore à créer, pourrait tomber entre des mains moins scrupuleuses. Qu'adviendrait-il alors ? Travailler à créer ce micro-organisme, n'était-ce pas mettre un pied dans un engrenage mortifère ? D'un autre côté, ils n'étaient cependant pas entièrement persuadés que leur invention éventuelle aurait des conséquences énormes sur l'humanité. En effet, puisque l'idée d'un virus était écartée, le micro-organisme ne pourrait évidemment pas se répandre de façon virale, mais seulement à la suite d'une piqûre. Et puis, il était quand même tentant d'essayer de participer au bien-être de l'humanité. Après tout, n'était-ce pas un peu comme créer un nouveau médicament apaisant ? Et quand on est malade ou qu'il y a un problème, n'est-ce pas un soulagement de trouver le médicament adéquat ? Tout médicament qui apaise est alors le bienvenu ! Ici, la seule grosse différence était au final le mode d'injection : par une piqûre de puce. Mais quoi de plus naturel qu'une piqûre de puce ? Une piqûre de puce, c'est la nature, c'est naturel (ce qui revient au même, certes, mais cela les confortait dans leur raisonnement).

Quand les collaborateurs de Franck Frank se dispersèrent, les avis des uns et des autres avaient déjà commencé à évoluer. Le rejet n'était plus total, la tendance était plutôt au questionnement, sinon à l'intérêt, à défaut d'être à l'acceptation pure et simple. Les esprits s'agitaient, cela bouillait dans les têtes.

De son côté, Franck Frank, était seul dans son bureau. Lui aussi se posait des questions, les mêmes que celles de ses collaborateurs, sauf qu'il ne se posait aucune question sur lui-même. Mais pour le reste, c'était un peu sauter dans l'inconnu, et cela pouvait faire peur, il en convenait. Il comprenait ses collaborateurs, leurs doutes et leurs craintes, mais il était décidé à aller de l'avant, avec ou sans eux, tout en préférant que ce soit avec eux, et il ne doutait pas que ce serait finalement avec eux. Ils avaient tous trop fait de chemin ensemble pour se séparer ainsi. Oui, il le savait, tôt ou tard, ils le rejoindraient. Et non, leurs premières hésitations n'étaient pas de nature à lui donner le cafard. Contre le cafard, il avait de toute façon la solution : non un quelconque insecticide, mais au contraire l'amour des insectes, et notamment des puces.

IV

La voie de la pucelle

J'avais moi aussi participé à cette réunion, car elle se tenait dans une pièce du laboratoire où il y avait plusieurs cages vitrées avec des insectes, dont des puces.

Bien sûr, je n'avais participé à la réunion qu'en tant qu'observatrice, mais j'avais tout entendu. J'avais été ainsi quelque peu déçue que Franck Frank ne mentionnât même pas mon nom, ni ne précisât qu'il prévoyait d'utiliser les puces pour piquer les êtres humains. Mais bon, je l'excusais ! Il avait eu tellement de mal à essayer de faire passer son message auprès de ses collaborateurs ! Tellement qu'il en avait oublié de nous mettre en avant, nous les puces ! À moins que... Oui, c'était plutôt cela : il avait voulu faire semblant de laisser le choix à ses collaborateurs – le choix des insectes qui auraient le privilège de piquer les humains pour leur propre bénéfice. De toute façon, à part nous les puces, à qui eussent-ils pu faire appel ? Aux moustiques ? Sûrement pas ! Les moustiques sont les créatures les plus dangereuses pour les humains. Ils propagent de nombreuses maladies, comme la fièvre jaune, la dengue, le paludisme, le chikungunya et différents virus. Et puis, je l'ai dit, ils ne sont pas très populaires : ça se comprend ! Par contre, les puces, c'est différent ! Je l'ai dit aussi : l'histoire de la peste bubonique, c'est oublié ! Alors, n'y revenons pas sans cesse ! Et puis, ne commettez pas l'erreur que font certains en mettant les pucerons dans le même panier que nous ! Les pucerons, c'est rien, c'est juste bon à s'occuper un peu des plantes, pas des humains ! Les pucerons n'ont absolument rien à voir avec la noble race des puces. Non, mais !

Heureusement, Franck Frank vint quand même me voir le soir même. Il me regarda fixement, puis murmura :

– Bonsoir Puce, ma Puce. Tu sais, j'ai de grands projets pour toi ! Ta voie est toute tracée : tu es destinée à sauver l'humanité ! Rien de moins ! Enfin, j'espère !

C'était on ne peut plus clair : Franck Frank m'avait à la bonne, il me considérait comme la plus grande des puces. J'étais ravie, je m'envolais au septième ciel, près des étoiles et de la félicité éternelle. Enfin, non ! J'avais trop les pattes sur terre pour trop rêvasser. Vous savez, la vie d'une puce est courte, très courte : quelques mois tout au plus, un an au grand maximum. Et après, ses atomes se recomposent en autre chose, tout ce que vous voulez : un animal, un être humain, une plante, un objet quelconque. La vie continue ainsi, mais la puce qui meurt est bien morte, disparue à jamais. Alors, Franck Frank, il valait mieux qu'il ne traîne pas trop dans ses projets s'il voulait me donner une chance d'y participer !

De fait, cela ne traîna pas. Après mûre réflexion, ses collaborateurs décidèrent tous de l'aider dans ses recherches. Certains hésitèrent plus que d'autres, ou posèrent leurs conditions, définirent leurs limites, mais au final, l'équipe se retrouva au complet pour l'opération « Pacem in Terris » ! La paix sur la terre : quel noble objectif !

Tous décidèrent alors de mettre les bouchées doubles pour avancer au plus vite. Les collaborateurs de Franck Frank n'émirent aucune objection quant au choix des puces, proposé par leur directeur, pour transmettre ce qu'ils se mirent à appeler le virus de la paix. Mais en fait, ce n'était pas un virus, c'était un protozoaire génétiquement modifié. Ainsi, il ne pourrait pas y avoir de contamination virale : un humain piqué n'en contaminerait pas un autre. Contaminer pour la paix : c'eût été beau, pourtant !

Vous ne savez peut-être pas bien ce qu'est un protozoaire... Je vous en ai pourtant déjà parlé à propos des toxoplasmes : ceux-ci sont des protozoaires qui se reproduisent dans l'intestin des chats et qui zombifient les souris pour qu'elles se laissent dévorer par les matous. Laissez-moi vous montrer ma science : le terme « protozoaire » vient de deux mots grecs qui veulent dire « premier animal ». Bon ! Ils se la pètent un peu – si vous me permettez l'expression. Les protozoaires ne furent pas les premiers organismes vivants, mais ils furent bien en tout cas parmi les premiers. Ils ont quand même plusieurs centaines de millions d'années d'ancienneté. Il était donc normal de faire appel à eux pour tenter de donner un peu plus de sagesse à la toute récente humanité.

Le premier protozoaire de « Pacem in Terris » fut à l'origine du surnom donné depuis lors à Franck Frank : Frankenstein. Pourquoi ? Vous ne devinez pas ? C'était le bébé, le premier-né de l'équipe, et celui de Franck Frank en premier lieu. Franck Frank, l'Einstein de l'équipe, d'où Frankenstein ! Mais Frankenstein n'était pas pour autant le père d'un monstre ! Non, Franck Frank et son équipe n'avaient pas créé un monstre, ils avaient juste un petit peu traficoté un minuscule protozoaire. Ils l'avaient appelé Proto Zéro, parce qu'ils savaient que ce n'était qu'un prototype, et qu'il n'était pas encore tout à fait au point.

Proto Zéro fut créé en plusieurs exemplaires et eut droit à son bain de sang : aucune tuerie, rassurez-vous ! Il s'agissait simplement de mettre les protozoaires dans du sang destiné à abreuver les puces. Une fois à l'intérieur des puces, les protozoaires devaient se multiplier, puis les puces devaient enfin se préparer à piquer des humains en leur transmettant leurs protozoaires, soit par leur salive, soit par leurs déjections ou par contact direct. Il va sans dire que la piqûre devait faciliter cette transmission. C'était là le protocole, tel qu'il fut appliqué pour Proto Zéro, ainsi que que pour toutes les expériences ultérieures.

Bien entendu, les toutes premières expériences (car il y en eut plusieurs) se firent sur des souris et des rats pour vérifier leur innocuité. Cependant, l'être humain est quand même un peu plus complexe qu'un de ces rongeurs et, de plus, comme le temps pressait, il fut assez vite décidé de laisser de côté l'expérimentation animale quand chacun fut vraiment convaincu que les expériences seraient sans danger sur l'espèce humaine. C'était peut-être aller un peu vite en besogne, alors pour atténuer leur responsabilité, Frankenstein et son équipe convinrent à l'unanimité qu'ils serviraient eux-mêmes de cobayes pour les expériences.

Je fus grandement désappointée quand Frankenstein m'annonça que je ne ferais pas partie de la première mission : pour celle-ci, il ne voulait prendre aucun risque avec moi, me dit-il. Bon ! Admettons ! pensai-je alors. Une autre puce fut choisie : une brave pucelle sans grand caractère, mais bonne à la tâche. Elle devait piquer six des douze collaborateurs de Frankenstein. Six cobayes pour six expérimentateurs : c'était la parité parfaite. Frankenstein lui-même fut laissé de côté par ses collaborateurs qui le trouvaient trop impliqué. Ce qui devait être fait fut fait, et on attendit. Une minute, une heure, un jour, une semaine... Rien, il ne se passa rien de notable. Échec total sur toute la ligne. Quelqu'un (je ne dirai par son prénom) suggéra d'autopsier la puce pour savoir si le problème ne venait pas d'elle. Mais pour l'autopsier, il eût fallu d'abord la tuer. Cette proposition fut rejetée avec dégoût par tous les autres coéquipiers, et on n'en parla plus.

Proto Un eut plus de succès – encore que... Les six collaborateurs expérimentateurs de la première mission furent piqués à leur tour, cette fois par une vieille puce, pas très futée ni très belle, mais quand même bonne à la tâche elle aussi. Romain, Quentin, Guillaume, Camille, Mathilde et Stéphanie, tous furent pris de violentes nausées et même d'hallucinations pendant plusieurs heures. Outre un mal de crâne épouvantable et des maux d'estomac pour tous, les récits des hallucinations différèrent selon les personnes. Romain vit des puces géantes dévorer de minuscules éléphants roses, Quentin se vit lui-même explorer l'intérieur inquiétant du corps d'une minuscule puce acariâtre, Guillaume se crut obligé de copuler avec une effroyable puce fort peu sexy, Camille se sentit malgré elle attirée sans pouvoir résister par une affreuse puce en tutu jaune fluo, Mathilde fut horrifiée devant les avances insistantes d'une énorme puce qui sentait horriblement mauvais et était laide comme un pou (c'est vrai que les poux sont laids, à côté des puces si jolies!), tandis que Stéphanie s'imagina contrainte de manger un plat de puces qui débordaient de son assiette, dans une sauce noire peu ragoûtante qui sentait les excréments frais.

Tout cela n'était pas terrible, mais au moins, Proto Un avait eu des résultats. Des résultats mauvais, certes, mais des résultats quand même. Des résultats qui n'avaient pas duré, heureusement, encore que le but de l'opération était d'avoir des résultats qui durent quelque peu. Pas forcément longtemps cependant : les résultats devaient rester réversibles pour que les considérations éthiques fussent préservées. Il ne s'agissait pas de transformer les humains en zombies ou en robots pacifistes, mais juste de leur donner une sorte de virus de la paix (même s'il n'y avait nul virus ici), une sorte de vaccin (qui n'en était pas un) avec au besoin des piqûres de rappel de temps en temps.

Frankenstein et son équipe se remirent à l'ouvrage sans trop tarder. Proto Deux pouvait commencer.

Proto Deux fut une opération plus paisible que la précédente. Beaucoup trop paisible, à vrai dire : les six cobayes furent tous pris d'une crise de fainéantise aiguë. Marie s'endormit presque illico, Julie ne cessa de bâiller à s'en décrocher la mâchoire, Amélie se comporta telle une somnambule, Kevin résista quant à lui longtemps au sommeil, puis ferma les yeux et se mit aussitôt à émettre de bruyants ronflements, tandis que Yann et Teddy décidèrent de jouer à celui qui tiendrait le plus longtemps éveillé. À quelques secondes près, ils tombèrent en même temps dans les bras de Morphée. Nouvel échec, donc ? Assurément, mais c'était quand même mieux que Proto Un. Malgré tout, malgré les apparences, Frankenstein et son équipe se persuadaient d'être sur la bonne voie. Quant à moi, j'attendais encore. Frankenstein me laissait en réserve, tel un joueur sur son banc de touche. Il m'avait promis monts et merveilles, mais pour le moment je ne voyais guère que de mornes plaines, au sens figuré, il s'entend.

Proto Trois fut, comment dire ? Hilarant : oui, hilarant ! On eût dit que les six cobayes avaient tous respiré du gaz hilarant. L'ambiance fut donc des plus joyeuses lors de cette expérience. Guillaume, Camille, Stéphanie, Quentin, Romain et Mathilde se comportèrent un peu comme des enfants, s'amusant d'un rien et riant de tout, et cela pendant plusieurs heures, jusqu'à ce que les piqûres ne fassent plus effet.

Pour cette opération, la piqueuse était la doyenne des puces, une puce aussi bête que moche, méchante même, et qui ne sentait pas bon (Vous ne connaissez pas la mauvaise odeur de certaines puces ?). Mais en tant que cheffe des puces (je suis sûre que Frankenstein me considérait ainsi), je me dois de mettre en avant les qualités de mes subalternes. Disons que cette puce était quand même un peu moins laide qu'un pou. Et encore... Quant à moi : toujours sur le banc de touche ! Je commençais à m'impatienter ! Certes, Frankenstein continuait de venir me parler, de me rassurer, mais bon ! je n'en bouillais pas moins d'impatience !

Après Proto Trois, Frankenstein décida de faire une pause. Il voulait comprendre ce qui clochait encore avec les protozoaires. Certes, tout n'était pas négatif, néanmoins on n'avait pas encore trouvé la perle rare à donner à la puce la plus intelligente, c'est-à-dire moi. Il fallait tout arrêter, se creuser la tête et trouver ce qui clochait encore.

Frankenstein s'enferma dans son bureau pendant plusieurs jours, ne sortant que le soir pour rentrer chez lui. De leur côté, tous ses collaborateurs refaisaient leurs calculs, émettaient des hypothèses, préparaient des notes de synthèse pour leur directeur. Quant à moi, ma voie semblait de plus en plus incertaine. Je me voyais déjà mourir dans mon coin sans avoir jamais piqué Frankenstein et ses collaborateurs. Triste perspective ! Heureusement, mon cher Frankenstein arriva un jour, de bon matin et tout guilleret.

– Ça y est ! me dit-il gaiement. J'ai longuement fait des recherches avec l'intelligence artificielle, il nous faut revoir ce que nous faisons avec les biopuces. Désolé, ma chère, mais il va falloir t'y faire : tant qu'on n'aura pas trouvé la solution avec les biopuces, vous les puces naturelles, vous n'y arriverez pas !

Dépitée, j'étais dépitée ! J'avais déjà eu du mal à digérer l'existence des puces électroniques, mais les biopuces... Bien sûr que je les connaissais ! Comment, moi qui suis née dans un laboratoire, aurais-je pu ignorer les biopuces ? Vous ne les connaissez pas ? Tant mieux, je ne voudrais pas qu'elles me volent la vedette ! Disons simplement que les biopuces sont des dispositifs qui utilisent entre autres des puces à ADN (le fameux acide désoxyribonucléique qui contient l'information génétique), des protéines et d'autres molécules pour détecter et analyser des échantillons biologiques. Ce qu'on appelle les laboratoires sur puces concernent pour leur part toutes les étapes de l'analyse biologique, et peuvent intégrer des puces électroniques.

Dépitée, oui, je l'étais ! Bon, c'est vrai, je le reconnais, Frankenstein n'avait pas tort : nous les puces, nous sommes avant tout des transporteuses, et nous ne choisissons pas ce que nous avons à transporter, c'est la nature qui s'en charge. Ne revenons pas (une fois de plus !) sur notre vieil exploit : le transport du virus de la peste. Nous ne créons pas les virus ou je ne sais quoi : nous, notre domaine, c'est la logistique, et c'est déjà bien, non ? Puisque notre colis n'était pas prêt, nous devions donc prendre notre mal en patience avant la prochaine livraison.

Mais que faire d'ici là ? Dans ma cage vitrée, avec son environnement chaud et humide, j'étais bien, c'est vrai, c'était un peu le paradis. Normalement, les puces vivent sur un hôte accueillant, animal ou humain (ce qui est pareil : les humains ne sont que des animaux qui ont pris la grosse tête). Vous connaissez bien les puces des chats et des chiens, ces « sacs à puces ». Vous-mêmes les humains, avec votre manie de vous laver tout le temps, vous êtes moins accueillants. Et puis, de toute façon, vous avez trop peu de poils pour être très intéressants. Encore que tous les goûts sont dans la nature. Et puis il y a tellement d'espèces de puces que certaines peuvent vous trouver à leu goût. Tout cela pour vous dire que, en principe, une puce sans hôte ne vit pas bien longtemps. Mais pour moi, dans ma prison dorée, c'était différent puisque j'avais tout ce qu'il me fallait pour faire mon bonheur. Je vivais seule, mais je voyais les autres puces et, comme j'étais au-dessus, j'avais une autorité naturelle sur elles, malgré que je fusse encore pucelle.

Pucelle ! Vous allez me dire que je n'étais pas la seule à l'être. Oui et non ! C'était vrai pour les autres puces qui étaient, comme moi, enfermées, chacune dans sa cage individuelle tout confort. Par contre, les puces qui avaient participé aux premières expériences avaient repris, ou plutôt acquis leur liberté et nul doute qu'elles aient alors vu le loup – si vous me permettez cette vieille expression aujourd'hui bien désuète. Mais être pucelle, je savais que c'était bien plus que de n'avoir pas vu le loup, ou plutôt une puce mâle (votre langue est quand même bizarre : vous utilisez le féminin pour parler d'un mâle, d'un monsieur puce !). Pour moi, être pucelle, c'était être comme Jeanne, se sentir appelée par des voix intérieures vers un plus grand destin. Dès mon plus jeune âge, Franck Frank (on ne l'appelait pas encore Frankenstein) m'avait guidée vers cette voie (et ces voix), avant même son projet d'opération « Pacem in Terris ».

– Écoute, Puce, ma Puce ! m'avait-il dit ainsi un jour où nous étions seuls, tu es une vraie petite puce adorable, mignonne comme tout ! Je crois qu'on va faire de grandes choses ensemble. Je ne sais pas quoi, mais je vais bien m'occuper de toi ! Petite puce, petite pucelle ! Tiens, je t'appellerai aussi Jeanne, comme l'autre, et non seulement Puce ! Ce sera un secret entre toi et moi. Mais toi, tu ne finiras pas sur un bûcher, je te le promets !

J'avais été aussitôt sous le charme. Pour moi, l'avenir s'annonçait vraiment radieux sous un ciel tout bleu. Voire ! En fait de ciel bleu, je n'avais jamais connu que la lumière artificielle du laboratoire. Et j'étais là, maintenant, à attendre. Attendre, attendre...

Vint enfin le jour de Proto Quatre.

Frankenstein et son équipe étaient tout anxieux : marcherait, marcherait pas ? Pour cette opération, plusieurs puces avaient été choisies, mais je ne faisais toujours pas partie du lot.

– Ton tour viendra ! m'avait promis Frankenstein. Sois patiente ! Si je te libérais maintenant, je risquerais de te perdre à jamais !

Soit, admettons ! me dis-je alors, tout en maugréant dans mon coin, toujours intérieurement. Attendre et voir, toujours et encore...

Proto Quatre fut un succès complet : les six cobayes piqués par les puces multiplièrent peu de temps après les marques d'attention et de générosité, rivalisant les uns les autres dans la bienveillance à l'égard des membres de toute l'équipe, et même à l'égard de tous les animaux du laboratoire, y compris les insectes, y compris les puces qui les avaient piqués.

– Je n'ai rien senti ! s'exclama Marie.

– Moi, non plus ! approuva Teddy.

– C'est qu'elles sont toutes mignonnes, ces puces ! ajouta Kevin, en regardant celles qui restaient dans leurs cages.

– Un amour de puces, oui ! confirma Stéphanie.

– Les puces sont les plus douces des infirmières !

Yann sourit à cette remarque d'Amélie, puis se tourna vers Kevin :

– C'est vrai qu'elles sont douces ! Mais elles ne sont quand même pas aussi mignonnes que certaines infirmières !

Malgré cette remarque, les six membres de l'équipe qui avaient été piqués chantaient les louanges des puces et de leurs piqûres. Tous redoublaient aussi d'amabilités et de propos positifs et encourageants à l'égard de Proto Quatre et de l'opération « Pacem in Terris ». Selon eux, le but était enfin atteint : on avait trouvé comment rendre le monde meilleur, comment transformer l'humanité pour son bien, et pour le bien de tous, le bien de la terre et de tout ce qui y vit, des papillons aux éléphants, des étoiles de mer aux albatros. Frankenstein et les autres membres de l'équipe qui n'avaient pas encore été piqués approuvaient, ayant eux-mêmes hâte d'être piqués pour recevoir Proto Quatre.

L'opération était assurément une réussite. L'état de béatitude (appelons-le ainsi) causé par Proto Quatre ne dura certes que quelques heures, mais chacun put observer qu'il suffisait d'une nouvelle piqûre pour le prolonger. Il n'y avait apparemment aucun effet secondaire. Tout cela semblait autoriser une expérience à plus grande échelle. Une expérience à laquelle je devais participer : je n'en doutais pas, depuis le temps que je l'attendais ! L'euphorie régnait donc parmi l'équipe. Tout un chacun était excité : les humains, comme les puces elles-mêmes. Les souris et les rats étaient plus tranquilles : ils semblaient avoir compris qu'on allait leur laisser une paix royale, et ils n'en demandaient pas plus. Pour vivre heureux, vivons cachés ! Ils semblaient le prendre ainsi. Depuis ma cage vitrée, j'observais tout cela avec une certaine béatitude – une béatitude qui n'avait certes rien à voir avec celle des humains piqués par les puces lors de Proto Quatre, mais enfin j'étais une puce heureuse, et cela me suffisait. J'allais très certainement sortir bientôt de mon anonymat pour participer à la grande mission que Frankenstein m'avait promise.

Un soir, alors qu'il ne restait plus personne au laboratoire, à part lui et les animaux, il me fit l'honneur d'une visite amicale, comme il en avait l'habitude.
– Salut, ma puce, ma petite Jeanne ! me dit-il gaiement. Je crois qu'on touche au but ! On est sur la bonne voie,

en tout cas. On va peut-être réussir à rendre l'humanité plus heureuse, le monde va peut-être devenir meilleur, plus apaisé. N'est-ce pas merveilleux ? Oui, je sais, tu ne peux pas me répondre ! Dommage ! Mais pour moi, parler à une puce est déjà un privilège. À part dans ce labo, qui parle aux puces ? Mais qu'en penses-tu, toi ? Bien sûr, ce n'est pas facile de communiquer ! Mais je sais que tu me comprends, à ta façon en tout cas ! Par contre... Je me demandais : c'est quoi le bonheur pour une puce ? Qu'est-ce qui pourrait te rendre heureuse ? Avoir de bonnes conditions ce vie, du sang à volonté, oui, bien sûr ! Que pourrais-tu vouloir de plus ?

Frankenstein soupira. Il avait pris depuis longtemps l'habitude de me parler ouvertement, de me considérer comme sa confidente. J'avais l'avantage de ne pas pouvoir le contredire, au contraire. En tant que puce apprivoisée, domestiquée donc, j'étais toujours tout ouïe pour lui, je m'approchais de lui derrière ma vitre et je le regardais fixement, au point de le troubler, j'en étais sûre. On peut n'être qu'une puce, et avoir cependant une grande influence. L'histoire l'avait montré, du temps de la grande peste (excusez-moi d'y revenir encore !). Cet épisode peu glorieux pour les puces (et les rats !) avait révélé au monde que nous ne comptions pas pour des prunes. Maintenant, selon les confidences de Frankenstein, les puces allaient à nouveau faire parler d'elles, mais de façon positive, et c'était là, que j'aurais un rôle à jouer. Enfin ! Telle était ma voie, la voie de Jeanne, puce et pucelle, et fière de l'être ! La voie de Puce, moi-même ! Un autre nom que j'aimais beaucoup.

V

Les voix de la pucelle

L'autre Jeanne, celle de Domrémy, avait entendu des voix. Moi, je vous ai parlé de mes voix intérieures. Mais mes voix, c'était surtout celle de Frankenstein qui résonnait en moi, cette voix qui m'avait promis mon jour de gloire, comme pour Jeanne (l'autre).

Frankenstein, c'était mon maître, c'était mon héros. Entre lui et moi, c'était plus qu'une simple relation de travail ou d'amitié. Ainsi, lors de l'une de ses visites vespérales, il me regarda droit dans les yeux (il avait de bons yeux), et ouvrit brusquement ma cage vitrée. Je sautai aussitôt sur lui, cherchai sa peau pour le piquer sans plus tarder. Quel délice ! Quelle saveur que son sang tout chaud ! Et que sa peau était tendre, douce, suave ! De quoi le piquer et le repiquer ! Ce que j'ignorais alors, c'était que Frankenstein m'avait précédemment fait ingurgiter ses protozoaires transgéniques. Je ne tardai pas à m'en apercevoir : Frankenstein soupira de bonheur, et moi aussi (Bon ! Une puce ne soupire pas, c'est vrai, mais vous me comprenez...). C'était la béatitude suprême, l'harmonie intégrale, orgasmique, oui ! Je sais : vous allez me dire qu'une pucelle ne doit pas trop s'y connaître en la matière, mais détrompez-vous, vous ne savez pas ce qui s'est passé ce soir-là entre Frankenstein et moi. Ce fut au-delà des mots, tellement intime que je n'en dirai pas plus.

Après ces moments d'extase, après avoir découvert le nirvana, je ne savais plus où j'étais, ni ce que je devais faire. Tout étourdie d'ivresse et de bonheur, j'allai me cacher dans la belle chevelure de mon maître. Mais que faire ensuite ? Me laisser vivre sans attendre je ne sais quoi dans cette magnifique chevelure, ou retourner dans ma cage vitrée pour me reposer en rêvant aux moments à jamais écoulés – et surtout en attendant de pouvoir recommencer bientôt la même expérience ? Le choix était cornélien ! Après une très longue hésitation, et à contrecœur, je pensai que la sagesse était de retourner dans ma cage vitrée. Un trop grand bonheur ne peut pas durer, il faut savoir se raisonner, vous ne croyez pas ? Moi-même, je n'en étais pas entièrement convaincue, mais je repris quand même le chemin de ma douce prison. Trop d'émotions nuit à la santé, dit-on ! En tout cas, ce devait être vrai pour mon tout petit cœur. Je devais reprendre des forces si je voulais un jour jouir de nouveau de mon maître adoré.

De fait, il y eut d'autres moments comme celui que je venais de vivre. Mais je vous ai dit que cela relevait de l'intime, alors n'insistez pas pour que je vous en dise plus ! Non, laissez-moi plutôt vous raconter la suite des évènements, après le succès de Proto Quatre.

Frankenstein et son équipe décidèrent d'organiser une nouvelle expérience, mais cette fois à l'extérieur, c'est-à-dire en dehors de l'équipe. Cet extérieur était assez spécial puisqu'il s'agissait d'une prison. Pourquoi une prison ? Ce ne fut pas par choix, ce fut juste une opportunité qui était à saisir : un membre de l'équipe, Kevin, était en couple avec une surveillante de prison.

La maison d'arrêt de Nancy-Maxéville date de 2009. Elle a remplacé une des plus anciennes prisons françaises, fort vétuste, détruite depuis lors. Elle comprend 663 places pour les hommes et seulement 30 pour les femmes. Cette disproportion en dit long sur la différence entre les uns et les autres en ce qui concerne les infractions à la loi... Sophia, l'amie de Kevin travaillait précisément auprès des femmes : c'était un avantage pour l'expérience, car il était préférable que le nombre de personnes concernées fût réduit.

Sophia introduisit donc plusieurs puces au sein de la maison d'arrêt. Ce n'était pas trop compliqué : elle les avait sur elle. Par contre, elle se fit piquer elle-même plusieurs fois avant de pouvoir distribuer les puces ici et là. Distribuer ? Façon de parler... Les puces allèrent où elles voulurent bien aller. En tout cas, déjà sous l'effet des protozoaires, Sophia se montra tout particulièrement aimable envers les détenues qui en furent bien surprises. Et puis, elle n'arrêtait pas de se gratter, ce qui les étonna aussi. Sophia recommença sa distribution plusieurs jours durant, tant et si bien que toutes les détenues finirent par se gratter à leur tour. Mais comme les protozoaires faisaient bien leur effet, elles étaient de trop bonne humeur pour s'en plaindre. Par la suite, les puces se dispersèrent, moururent ou furent tuées (ce qui revient, au final, à peu près au même), et tout redevint peu à peu comme avant. Quelques puces réussirent à s'évader du côté des hommes, mais sans trop de conséquences. Aucun détenu, homme ou femme, ne se plaignit des puces. Celles-ci ne constituaient apparemment pas leur souci principal. L'opération avait donc été un succès complet, confirmant tout son intérêt.

Frankenstein et son équipe eurent alors une autre opportunité : le frère de Stéphanie était le responsable local d'un parti politique quelque peu extrémiste. Il accepta de participer à l'expérience, juste par curiosité, mais à condition qu'elle se passât ailleurs. Il avait en effet un infiltré dans un parti adverse et se réjouissait à l'avance d'envoyer des puces parmi les militants, histoire de leur jouer un mauvais tour. Ce fut bien le cas, mais sans doute pas comme il l'avait prévu : lors d'une réunion, l'infiltré vint avec ses puces qui sautèrent d'un militant à l'autre, tout en les piquant tous gaiement. Inutile de dire que, de sérieuse au départ, la réunion dégénéra petit à petit, les considérations politiques laissant franchement place à des plaisanteries frivoles ou grivoises. Quand il apprit cela, le frère de Stéphanie, quand même amusé, décida de tenter l'expérience parmi ses propres troupes, sans les prévenir. Le résultat fut similaire. En outre, les membres les plus extrémistes de son parti commencèrent à tenir des propos pleins de mansuétude à l'égard des autres partis politiques. Plus du tout amusé, le frère de Stéphanie décida de ne plus jamais renouveler l'opération – en tout cas parmi ses troupes. Chez les autres, peut-être, qui sait ? Pourquoi pas ? Selon lui, c'était tout à la fois inquiétant et tentant... Mais il valait mieux éviter tout ce qui ne pouvait être entièrement maîtrisé.

Forts de ce nouveau succès, Frankenstein et son équipe saisirent alors une autre opportunité. La sœur de Guillaume était enseignante dans une école primaire. Mise au courant du projet, horrifiée et scandalisée, elle se refusa tout d'abord catégoriquement d'y participer, de quelque manière que ce fût (« Tu n'as pas honte ? Comment as-tu pu seulement penser à cela ? C'est vraiment n'importe quoi ! Je devrais vous dénoncer aux autorités, toi et tes copains ! »). Mais devant l'insistance de Guillaume, et après avoir été contrainte d'écouter ses nombreux arguments (« C'est juste pour le bien de l'humanité, pour faire avancer la paix dans le monde, la science, les enfants ne risquent absolument rien, ils ne s'en apercevront même pas »), elle finit par céder et l'expérience put finalement avoir lieu. Du reste, certains membres de l'équipe de Frankenstein avaient eux-mêmes exprimé des réticences envers cette opération. Jamais l'expérience n'avait été tentée sur des enfants. Que se passerait-il si un problème survenait ? N'était-ce pas aller beaucoup trop vite ? Pour limiter les risques et surmonter les réticences des récalcitrants, les protozoaires de Proto Quatre ne furent pas retenus. À leur place, des protozoaires moins forts – allégés, en quelque sorte – les remplacèrent.

Les enfants furent piqués à leur insu, sans même le remarquer. De turbulents qu'ils étaient, ils s'assagirent peu à peu et la salle de classe devint un havre de paix et de sérénité, avant que la bonne humeur de certains, moins contemplatifs que d'autres, ne finît par recréer un joyeux chahut. Quand les enfants rentrèrent chez eux, ce fut avec les puces. Certains parents prirent celles-ci pour des poux, lavèrent les cheveux de leur progéniture et alertèrent le lendemain le personnel enseignant. La directrice de l'école dut promettre d'avertir tous les parents de la présence de poux.

Quand même, confondre les puces avec les poux : quand j'ai appris cela, j'ai été choquée ! Je sais : pour les humains, les poux, c'est pour eux, tandis que les puces, c'est pour leurs chiens et leurs chats. Mais non : c'est là une vision réductrice des réalités ! Pourquoi les puces ne s'intéresseraient-elles pas aux humains ? Oui, c'est vrai, chez les chiens et les chats, c'est comme des paradis tropicaux, c'est plein de poils de tous les côtés, tandis que chez les humains, c'est bien plus limité. Oui, mais si vous aviez connu le pelage de Frankenstein et la douceur de sa peau, la tendreté de sa chair, son arôme naturel, sa... Mais passons ! Je ne voudrais pas vous faire envie : il est à moi, point ! Et je ne suis pas partageuse, ni avec vous, ni avec les autres puces !

Revenons plutôt à nos moutons, ou à vos agneaux, vos bambins à vous. Malgré les inquiétudes de certains parents, l'opération s'était assez bien passée, et les protozoaires avaient montré leur efficacité, y compris sur des enfants turbulents. Que faire après cela ? Fallait-il encore poursuivre les expériences, ou songer à des applications plus concrètes pour apporter enfin la paix sur la terre – selon le projet initial de l'opération « Pacem in Terris » ? Mon maître Frankenstein et son équipe réfléchirent longtemps à la question. Ils ne savaient pas trop comment ils devaient s'y prendre : fallait-il produire en masse des puces porteuses de protozoaires salvateurs et les larguer sur les zones de conflits, ou envisager des opérations plus ciblées ? Les zones de conflits concernent la plupart des pays. Les conflits peuvent y être internes, ou concerner leurs frontières. Certaines régions peuvent vouloir plus d'autonomie, ou même leur indépendance. De leur côté, de nombreux pays ne sont pas d'accord avec leurs voisins quant au tracé des frontières qui les séparent. La religion ou telle ou telle idéologie politique peuvent aussi s'en mêler. Des mouvements violents, voire des guerres, peuvent en résulter. Comment les arrêter, ou les prévenir ?

Frankenstein et son équipe examinèrent toutes les situations possible, et durent se rendre à l'évidence : ils n'avaient pas les moyens nécessaires pour entreprendre des actions à grande échelle. Ils devaient rester modestes dans leurs ambitions. Faute de pouvoir sauver le monde, dans l'immédiat ils devaient se concentrer sur des cibles plus à leur portée. Après tout, « Pacem in Terris » était encore une opération secrète. Un jour, peut-être, faudrait-il la révéler au monde. Des actions de grande ampleur seraient alors éventuellement possibles. En attendant, ils devaient en rester sur des cibles plus petites, en espérant de nouvelles opportunités pour l'avenir.

Justement, le mari de Marie (ce n'est pas un jeu de mots) avait des ennuis avec la justice. Fort marri de devoir se justifier, il appréhendait de devoir se rendre au tribunal. Marie proposa son cas à Frankenstein et à toute l'équipe. Elle les assura que son mari était blanc comme la neige, mais que, d'un naturel craintif, il allait immanquablement se mettre à rougir comme une tomate au tribunal et que, de ce fait, les juges prendraient cela pour un aveu de culpabilité. Accusé de blanchiment d'argent, il risquait de devoir passer plusieurs années à l'ombre, lui qui était encore plus claustrophobe que craintif. Marie plaida tant et si bien sa cause que son cas fut accepté à l'unanimité.

Le jour convenu, le mari de Marie se rendit au tribunal. Son avocat, mis au courant du projet, s'était aussitôt désisté, ne voulant en aucun se prêter à ce qui ressemblait trop, selon lui, à une mascarade pour une parodie de justice. Heureusement, un jeune avocat du même cabinet fit moins le difficile quand il fut mis au parfum. Sentant la bonne affaire, il accepta bien volontiers de défendre la mari de Marie. Dès qu'il arriva au tribunal, il demanda à parler aux juges. S'approchant d'eux pendant un long moment, il leur transmit ses puces. Par la suite, il fit durer le procès, le temps que les protozoaires fissent leur effet, ce qu'ils firent on ne peut mieux : rendus de bonne humeur, les juges blanchirent prestement le mari de Marie et le renvoyèrent chez lui.

Et un succès de plus ! Enhardis, Frankenstein et son équipe étaient sur un petit nuage. Tout semblait leur réussir ! À qui le tour ? se demandaient-ils, tout confiants. Ils ne tardèrent pas trop et n'eurent pas à chercher trop loin leur prochaine cible : elle était en leur sein même ! Mathilde, quelque peu gênée, avoua qu'elle était sur le point de se séparer de son mari Pierre, et elle se demandait si, des fois, des puces aux protozoaires pourraient arranger la situation. Pierre avait tous les défauts du monde, mais elle l'aimait quand même, et puis, s'il était piqué, peut-être changerait-il un peu de caractère, serait-il plus aimable, plus avenant, serviable, à ses petits soins, comme quand elle l'avait connu.

L'opération fut un succès inespéré : neuf mois plus tard, Mathilde accouchait d'une petite fille, sous les yeux attendris du papa de celle-ci. Julie, qui vivait seule, suggéra alors aux autres membres de l'équipe d'œuvrer pour les couples en difficulté. Les réconcilier, c'est aussi contribuer à la paix, leur dit-elle. La paix des nations par la paix des foyers ? Sa proposition fut jugée plaisante, et à la portée de l'équipe. Teddy ajouta que l'on pourrait même songer à fonder une agence matrimoniale traditionnelle, mais son idée rencontra des oppositions. Une telle agence, cela faisait plutôt ringard. Finalement, il fut décidé que tout se ferait au cas par cas, selon les opportunités. Après tout, il fallait continuer d'œuvrer en secret, cela excluait donc toute forme de publicité.

Une autre opportunité ne tarda pas à se présenter : celle d'une mésentente profonde au sein du conseil municipal d'une petite ville. Pour diverses raisons, personne ne s'entendait plus avec personne, à peine élisait-on un maire qu'il devait démissionner, et il devenait impossible de décider quoi que ce fût, toute majorité étant introuvable. L'équipe de Frankenstein en fut informée par ouï-dire et proposa ses services au maire en titre, bien entendu en toute discrétion. Le maire accepta sans se faire prier. Après tout, il ne savait plus à quel saint se vouer. Alors, pourquoi pas s'en remettre aux puces ? L'idée n'était pas plus absurde qu'une autre. Même si elle était, selon lui, vraiment absurde. Mais au point où il en était, il n'avait pas le choix, il se sentait obligé d'essayer même les solutions les plus absurdes.

Le jour convenu, il souhaita donc la bienvenue aux autres membres du conseil municipal. Enfin, c'était une pure formule de politesse. Le cœur n'y était pas, et chacun le savait.

– Bien ! continua-t-il, nous devons décider aujourd'hui du sort de l'église. Comme vous le savez, elle tombe en ruines et nous n'avons pas le budget pour entreprendre des travaux. C'est pourquoi...

– La faute à qui ? demanda un conseiller. La faute à tous ceux qui n'ont rien voulu entreprendre depuis des années, alors que je ne cessais, moi, de dire qu'il fallait faire quelque chose ! Si on avait fait quelque chose à l'époque, on n'en serait pas là ! Devant l'incurie...

– Ah non ! l'interrompit un autre conseiller. Quand j'étais maire, j'ai proposé des travaux. Mais certains de ces messieurs-dames avaient d'autres priorités ! Comme de construire un bâtiment pour abriter les boulistes en cas de pluie !

– N'importe quoi ! approuva une dame assise à ses côtés. Alors que les routes de la commune sont en mauvais état avec des nids-de-poule tous les trois mètres ! Vous verrez le jour où quelqu'un se cassera la figure. Ce jour-là, je n'aimerais pas être à la place du maire ! Quand il faudra chercher des responsables, on en trouvera !

Le maire en titre soupira profondément, tout en se disant qu'il était difficile de rester zen dans un monde de brutes. Il s'essayait plus ou moins au bouddhisme, mais il avait du mal.

– Allons ! Allons ! Du calme ! reprit-il. Nous sommes ici pour tenter de trouver des solutions, pas pour tout remettre en question. Nous avons le choix, soit d'abandonner l'église en interdisant son accès, soit d'entreprendre des travaux, mais dans ce cas il nous faudra abandonner tous les autres projets, y compris ceux concernant la réfection des chaussées. Nous devons en débattre, mais par pitié, que ce soit dans le calme et la dignité ! Vous représentez le peuple de la République, ne l'oubliez pas !

Les conseillers, quelque peu étonnés de cette exhortation grandiloquente, semblèrent un instant se calmer. Mais cela ne dura pas.

– Attention ! s'exclama l'un d'eux. Que faites-vous de ceux qui vont à la messe ? Je sais, ils ne sont plus très nombreux, mais ils ont bien autant de droits que les boulistes, non ? Et puis, l'église fait partie du patrimoine communal, on ne peut pas la laisser tomber comme ça !

– Elle tombe déjà toute seule ! fit remarquer un conseiller.

– Oui, mais les nids-de-poule ? interrogea un autre conseiller. Quand quelqu'un se fera tuer dessus, vous en entendrez parler. Quand allez-vous enfin faire des travaux ?

– Quand les poules auront des dents ? ironisa son voisin.

– On n'avance pas ! On n'avance pas ! murmura le maire en titre.

– Écoutez, reprit un conseiller, je vous rappelle que, selon la tradition, Jeanne d'Arc elle-même serait entrée dans notre église ! Ce n'est pas rien, quand même ! Ce n'est pas seulement un patrimoine architectural, c'est toute l'histoire de notre commune que vous allez détruire si vous ne faites rien !

Jeanne d'Arc ! La Pucelle ! (On lui accorde généralement la majuscule, à elle !). Vous devez vous demander ce que je devenais, moi, dans cette histoire, ainsi que les puces qui étaient censées intervenir pour débloquer la situation, non ? Si, bien sûr ! Eh bien, moi, comme à l'habitude, Frankenstein n'avait pas voulu que je participe à l'opération. Il faut dire que les puces qui étaient ainsi libérées dans la nature n'étaient pas récupérées, autrement dit elles étaient perdues à jamais. Mais auparavant, elles avaient le temps d'accomplir leur devoir. Ici aussi, ce fut le cas. Si cela vous a semblé traîner un peu, il n'en fut rien. Seulement les protozoaires n'ont pas un effet immédiat. Cependant quand ils agissent, ils agissent !

– Bon ! s'exclama soudain une conseillère, ancienne maire, et mère du maire actuel. Si tout le monde y met du sien, on devrait y arriver ! Tout le monde est d'accord pour dire qu'on n'a pas les sous pour restaurer l'église. Oui ?

Tout le monde approuva.

– Bien : reprit-elle. Tout le monde est d'accord pour dire qu'il faudrait quand même la sauver pour qu'elle reste ouverte. Oui ?

Tout le monde approuva.

– On avance ! rereprit-elle. Donc il faut la fermer. Oui ?

Tout le monde n'approuva pas de suite. Son fils le maire se demanda quelle mouche avait piqué sa mère ex-maire. Dans le feu des discussions, il en avait oublié les puces. Lui-même piqué, et piqué au vif, il approuva cependant :

– Touché, maman ! Mais le patrimoine, et tout le reste ?

– J'y viens, mon fils ! Je...

– Il n'y a pas que l'église qu'il faudrait fermer ! grommela un conseiller. Vous tous, vous devriez la fermer avant de l'ouvrir !

Visiblement, ce conseiller n'avait pas encore été piqué, ou la piqûre tardait à faire son effet. En tout cas, ce fut la dernière opposition.

– Je pense, reprit l'ancienne maire, que nous devons la fermer et utiliser le bâtiment des boulistes pour la remplacer. Je parle de l'église, bien sûr ! Et puis, quand on aura trouvé les sous, soit en faisant des économies sur les prochains budgets, soit en demandant des subventions ici et là, on fera les travaux et les boulistes récupéreront leur bâtiment. Oui ?

– J'ai les boules ! s'exclama pour plaisanter un conseiller, par ailleurs lui-même bouliste.

– Mouais ! marmonna un autre conseiller.

– Faut voir ! murmura sa voisine.

– C'est pas idiot ! approuva un autre.

– Ouais, c'est pas forcément con ! conclut après une longue réflexion celui qui était en face de lui.

– Bien, bien ! reprit l'ancienne maire, avant de se tourner vers son fils :

– Monsieur le maire, tu sais ce qu'il te reste à faire !

On procéda au vote, et l'unanimité se fit autour des propositions de l'ancienne maire. La séance fut levée peu après, et l'un des conseillers qui tenait le café communal proposa à tout un chacun de venir boire le verre de l'amitié. Ce qui fut dit fut fait.

– Tout est bien qui finit bien ! dit le maire à sa mère. Il eut envie de lui parler des puces, mais il se retint. Sa mère croyait que tout le mérite de la soirée lui revenait, alors que lui-même ne l'attribuait qu'aux puces. D'ailleurs, il se grattait de plus en plus. Sa mère le remarqua :

– Mais qu'as-tu donc à te gratter tout le temps ?

En guise de réponse, il haussa simplement les épaules, comme pour dire qu'il n'en savait rien et que cela n'avait pas d'importance. Sa mère n'insista pas. Le vin aidant, nul ne se rendit compte que tout le monde se grattait. Quant aux puces, elles partageaient l'allégresse générale en sautant d'un conseiller à l'autre. C'était la fête pour tout le monde.

L'opération avait donc été un succès complet. Certes, le lendemain, au réveil, des conseillers se demandèrent pourquoi ils avaient été si accommodants lors de la réunion. Mais c'était trop tard : nul ne pouvait revenir en arrière, et nul ne le voulait d'ailleurs. Se dédire est déjà difficile en temps normal, mais là, c'était même impossible. Le maire en rendit compte à Frankenstein et à son équipe quelques jours plus tard. Très enthousiaste, il leur suggéra de renouveler l'opération partout où ce serait possible, partout où régnait la discorde.

– Vous vous rendez compte, ajouta-t-il, si vous vous faisiez payer, vous pourriez devenir riches, mais alors, très riches !

Frankenstein fut révulsé par cette idée de faire payer ses services. Pour lui, c'était hors de question. Par contre, il avait été très attentif à ce que lui avait dit le maire : même si certains regrettaient par la suite leur décision, après il était trop tard pour revenir en arrière, soit que ce fût impossible, soit que la fierté humaine les en empêchât.

– Voilà qui est bon à savoir ! me dit-il un soir, en tête à tête.

Il était en effet fidèle à nos entretiens vespéraux. Entretiens, si l'on veut, car je ne pouvais pas vraiment lui répondre, sinon par des hochements de tête ou d'autres gestes d'approbation. Mais enfin, je sais qu'il me comprenait, et il était content que je l'approuve tout le temps. Je l'écoutais toujours attentivement, admirative et sereine, enchantée qu'il pût ainsi se confier à moi qui n'étais qu'une pucelle n'ayant encore rien accompli d'intéressant. Rien de grand, que des petits riens insignifiants. Certes, il me promettait tant et plus, et sa voix résonnait en moi en se multipliant, c'étaient des voix qui me parlaient, me promettaient de grands accomplissements, que j'irais loin, très loin, au-delà des mers même (je ne savais pas trop ce que cela voulait dire, une histoire d'eau, apparemment), plus loin que l'autre Jeanne qui avait mal fini, sans finir pour autant sa mission : délivrer sa terre de ses ennemis, les bouter définitivement hors du pays.

Frankenstein m'expliquait que mon rôle serait encore plus grand, beaucoup plus grand, immensément grand : bouter le mal hors du monde. Rien de moins ! Cela peut vous paraître fou. Frankenstein lui-même peut vous paraître fou. Mais non, il ne l'était pas ! Moi, je l'écoutais et je le croyais. J'y croyais à son projet fou (c'est juste là une hyperbole !). D'ailleurs, pourquoi un tel projet n'aurait-il pas été censé ? Agir pour la paix : quoi de plus noble ? S'en remettre aux puces, pour cela : quoi de plus raisonnable ? Vous-même les humains, vous appelez « puces » des composants électroniques qui vous sont aujourd'hui indispensables pour tout. Vous ne pouvez pas vous en passer ! C'est dire que, pour vous, les puces, c'est vraiment important, c'est du sérieux ! Tout cela était pour moi on ne peut plus logique. Et mes voix me confortaient dans ce que je croyais. Mon heure allait enfin venir !

VI

Le triomphe et la gloire

L'intervention des puces au conseil municipal avait prouvé leur efficacité plus encore que ce que l'on aurait pu espérer : non seulement les puces pouvaient modifier l'état d'esprit des participants à une réunion, mais elles pouvaient aussi leur faire prendre des décisions raisonnables sur lesquelles ils ne pouvaient plus revenir. Cela ouvrait des perspectives considérables. Frankenstein se dit alors que le temps était enfin venu de viser plus haut, au niveau national, avant de songer peut-être au niveau international. Mais comment faire ? Qui contacter ? Comme jusqu'à présent tout se faisait dans le secret, il ne voyait qu'une solution : contacter les services secrets. Cela paraissait, somme toute, évident. Mais comment contacte-t-on les services secrets ? Il ne connaissait personne qui eût pu lui servir de contact. Il n'allait pas non plus leur téléphoner (à quel numéro, d'ailleurs?), ni leur écrire. Certes, leur adresse officielle n'était pas un secret, et il devait être possible de trouver des numéros de téléphone pour se rapprocher si possible d'un interlocuteur intéressant et intéressé. Mais, mais...

Mais il hésitait quand même. Tout ce qu'il avait fait avec ses puces, il ne l'avait pas fait dans les règles. C'était plutôt illégal. Alors, contacter les services secrets en leur révélant le tout, n'était-ce pas se jeter dans la gueule du loup ? Et, plutôt que d'apporter la liberté au monde, ne risquait-il pas lui-même d'être privé de liberté ? Autrement dit, le jeu en valait-il la chandelle ? C'étaient là de graves questions qu'il me faisait partager chaque soir. Comme je ne pouvais guère lui répondre, il me regardait alors d'un air désolé. J'en étais profondément attristée, désolée moi-même de le voir dans un tel état.

– C'est décidé ! me dit-il cependant un soir. Je vais écrire aux services secrets pour tout leur expliquer. Mais d'abord, je dois convaincre mes collaborateurs. Nous sommes tous sur le même bateau, ce serait incorrect d'agir sans leur aval. Ils risquent autant que moi, ou presque autant.

Frankenstein organisa donc une réunion dès le lendemain matin, à la première heure. Il leur avait envoyé un message pour les prévenir.

– Bonjour à tous. Bien dormi ? Bien réveillés ?

Tout le monde ne semblait pas particulièrement frais et dispos, mais Frankenstein continua quand même :

– Alors, on peut commencer ! Si je voulais vous voir maintenant, c'est qu'il nous faut prendre une décision importante qui nous engagera tous pour l'avenir. Jusqu'à présent, nous avons vu que nos puces ont fait partout des petits miracles. C'est très bien ! Mais justement, des petits miracles, ça reste petit ! Au départ, j'avais plutôt pensé à de grands miracles bénéfiques au monde entier, ce qui est quand même un peu différent ! Alors, comment faire ? Que devons-nous faire ? Songez que nos puces pourraient faire des merveilles si elles se consacraient au bien de l'humanité. Mais vous savez comme moi, qu'à notre petit niveau, nous n'avons pratiquement aucun moyen, mis à part de disséminer quelques puces par-ci par-là. Ce n'est pas comme cela qu'on va changer le monde ! Il nous faut voir plus gros ! Pour cela, nous devons nous associer avec plus grand que nous ! Qui est plus grand que nous ? Un autre laboratoire ? Une entreprise privée ? Oui, peut-être. Mais cela ne résoudrait pas tous les problèmes. En particulier, nous devrions sortir de l'illégalité, faire avancer notre projet au grand jour. Pour cela, je ne vois qu'une solution : nous devons faire appel à l'État. Mais l'État, c'est qui ? C'est tout le monde et personne. Et puis, on ne peut pas divulguer nos informations, nos secrets, à n'importe qui ! C'est pourquoi j'ai pensé, et je vous propose, d'en parler aux services secrets.

Frankenstein se tut, satisfait d'avoir pu ainsi exprimer toute sa pensée aussi clairement. Ses collaborateurs se regardèrent entre eux, assez surpris, mais peut-être moins qu'il ne l'aurait pensé. Après tout, Frankenstein ne leur avait jamais caché qu'il voyait une portée universelle à son projet. La nouveauté, c'était que cela prenait la voie de se concrétiser maintenant.

– Mais ne risque-t-on pas des problèmes ? demanda Marie. Ce qu'on a fait, ce n'était pas tout à fait légal, non ?

– Oh que non ! lui répondit Mathilde. Mais on le savait ! Cela donnait même au projet son petit côté excitant ! Dans notre coin, nous étions un peu comme des comploteurs !

– Sûr ! approuva Kevin. C'était notre film : « La conspiration des puces » ! Avec Frankenstein dans une sorte de James Bond. Mais qui était la James Bond Girl ?

– N'importe quoi ! s'exclama Stéphanie. Le film, c'était plutôt : « Le monstre de Frankenstein. » Et on le sait tous très bien. Si on divulgue tout, on risque de gros ennuis !

– Je sais ! reprit Kevin. La référence à James Bond, c'était juste par rapport aux services secrets. Alors, que fait-on, chef ?

Frankenstein se tourna vers Kevin, puis vers tous les autres :

– La décision doit être collégiale, et se faire à l'unanimité. Nous devons en discuter et décider tous ensemble. Nous sommes à la croisée des chemins. Soit on arrête tout, soit on contacte les services secrets. Continuer nos petites expériences ici et là ne nous amènerait rien de plus, à part la satisfaction de résoudre quelques problèmes. Mais on risquerait quand même gros si notre secret venait à être découvert. Alors, causons, exprimons-nous, et décidons tous ensemble, en notre âme et conscience !

Toute l'équipe approuva, et les discussions commencèrent aussitôt. En fait, l'unanimité ne fut pas trop longue à se faire : chacun se sentait trop impliqué dans le projet pour l'abandonner ainsi, sans avoir vu le bouquet final. Et puis, contacter les services secrets, cela faisait rêver...

Quelques semaines plus tard, ils arrivaient. Oh ! le chemin avait été long pour la lettre écrite de façon collégiale. Transportée d'un bureau à l'autre, elle avait fini par arriver entre les mains de personnes intéressées.

Ils étaient deux. Pour respecter leur anonymat (services secrets !), je les appellerai Louise et Louis. Rien ne les distinguait de gens ordinaires : ils eussent pu passer vraiment pour de parfaits anonymes. Mais non : ils ne l'étaient pas ! Ils étaient bien envoyés par les services secrets de la République (n'insistez pas : je ne dirai pas quels services précis des services secrets !). Ils s'entretinrent longuement avec Frankenstein et son équipe, demandèrent à visiter le laboratoire, posèrent de multiples questions, et s'attardèrent devant moi en me fixant du regard, comme s'ils eussent voulu percer le secret de mon cœur. Il faut dire que Frankenstein avait fait mon éloge auprès d'eux – moi, qui n'avais encore rien fait d'exceptionnel (vous commencez à le savoir, je sais), mais en qui mon maître Frankenstein avait décelé un haut potentiel (je vous redis ce qu'il m'avait dit).

J'ai eu l'impression d'avoir fait bonne impression. Mes copines et moi, nous avions en tout cas été nous-mêmes impressionnées par ce Louis et cette Louise qui avaient fait grand cas de nous. Apparemment, nous les avions marqués, et eux avaient fait de même pour nous. Notre maître Frankenstein et son équipe avaient eux aussi été sous leur charme. Quand Louise et Louis partirent, chacun avait compris que c'était gagné ! Nous les avions tous convaincus et, de plus, ils n'avaient pas soulevé trop d'objections sur le caractère légal ou non de nos interventions. Les questions d'éthique n'étaient pas leur priorité. Apparemment, ils avaient d'autres idées en tête, mais ils n'avaient pas voulu en dire plus.

Louise et Louis ne partirent pas seuls : ils amenèrent avec eux plusieurs puces nourries aux protozoaires, sans expliquer ce qu'ils comptaient en faire exactement. C'était sans doute pour les étudier de plus près, faire des expériences avec elles, et éventuellement les disséquer après leur mort. Je les regardai partir avec envie : pour elles, l'aventure commençait. Moi, je devais encore attendre. Attendre et attendre encore, même si, cette fois, notre grand projet était sur le point de se réaliser.

Cependant, les jours passaient et rien ne se passait : plus aucune nouvelle ! On commençait à perdre espoir, quand ils revinrent sans prévenir par un sombre jour d'hiver, entre chien et loup, comme pour mieux passer inaperçus. Oui, bon ! J'exagère peut-être, s'il faisait sombre ce jour-là, c'était sans doute à cause de la météo, et puis c'était le soir... Mais bon ! Ne gâchez pas tout par vos réflexions, laissez-moi un peu rêver ! Et puis, Louise et Louis avaient tous deux le physique du genre. Louis, bien sûr, était l'agent secret incarné, mais je dois reconnaître que Louise avait elle aussi un petit côté troublant. Je me serais bien approchée d'elle, mais je ne pouvais toujours pas, à cause de ma cage vitrée.

Une réunion fut presque aussitôt organisée. Par chance, toute l'équipe était présente. Ce fut Louise qui commença (elle semblait être la supérieure de Louis) :

– Écoutez, vos travaux ont suscité l'intérêt des autorités. Je dois vous dire qu'elles ont pensé à un grand projet pour vous. Un grand projet qui demande la plus extrême prudence, car nous marchons sur des œufs. Si le fond de l'affaire était découvert, les conséquences pourraient être dramatiques, pour vous comme pour nous, et pour la France. Que les choses soient claires : si quelqu'un n'est pas prêt à nous suivre pleinement, corps et âme, qu'il se retire maintenant. Après, il sera à jamais trop tard. Je vous le demande donc : quelqu'un veut-il se retirer ? Quelqu'un veut-il un dernier délai de réflexion ?

Louise se tut et regarda chaque membre de l'auditoire. Personne ne se désista. Elle reprit :

– Si l'affaire tournait mal, nous nierons avoir eu quelque contact que ce soit avec vous. C'est simple : la réunion présente n'a jamais eu lieu, je ne suis jamais venue ici, et mon collègue non plus. Si quelqu'un ou la justice vous accuse de quoi que ce soit, nous ne vous défendrons pas. Et si quelqu'un venait à trahir le secret de l'opération, nous ne répondons pas de ce qui pourrait lui arriver : un accident ou autre chose. Les intérêts en jeu sont trop importants et nous dépassent tous. C'est clair ? Vous êtes tous toujours partants ?

Louise fit un tour visuel des participants. Personne ne manifesta la moindre réprobation ou hésitation, même si l'inquiétude grandissait parmi l'équipe.

– Bien ! s'exclama-t-elle. Alors, on va vous mettre au parfum ! Il s'agit de questions diplomatiques de la plus haute importance, car elles engagent aussi bien les intérêts de la France que ceux qui concernent la paix dans le monde. Pour que tout soit clair et sans ambiguïté, je vais devoir vous rappeler quelques notions sur l'Organisation des Nations Unies. Oui, l'ONU ! Je vois vos mines étonnées ! Mais il s'agit bien de cela : l'ONU !

Louise s'arrêta et sourit, satisfaite d'avoir ainsi pu surprendre son auditoire, puis elle reprit :

– L'Organisation des Nations Unies, l'ONU donc, comprend actuellement 193 États, plus deux États observateurs non membres : la Palestine et le Saint-Siège. L'ONU, c'est beaucoup plus que son Assemblée générale qui réunit tous les États membres, et que son Conseil de sécurité dont je parlerai plus tard. Il y a ainsi d'autres organes, d'autres agences. Vous connaissez, par exemple, l'OMS, l'Organisation Mondiale de la Santé, ou l'UNESCO qui s'occupe de l'éducation, de la science et de la culture, ou encore l'UNICEF qui s'occupe des enfants. Comme vous le savez, si le siège principal de l'ONU est à New York, l'ONU a des sièges secondaires et des agences qui se situent ailleurs, notamment à Genève, ou à Paris pour l'UNESCO, ou encore dans d'autres pays. Mais j'en reviens au Conseil de sécurité. Contrairement à l'Assemblée générale qui réunit tous les États lors d'une seule session annuelle sur plusieurs semaines, le Conseil de sécurité peut siéger n'importe quand. Il réunit les représentants de quinze États membres. Cinq sont permanents, pour des raisons historiques : les États-Unis, la Russie, la Chine, le Royaume-Uni et la France. Ils ont un droit de veto, contrairement aux dix membres non permanents qui sont élus pour deux ans, avec un renouvellement par moitié chaque année. Le système n'est plus très représentatif et mériterait d'être revu, mais les intérêts opposés des États, leurs dissensions, rendent toute réforme impossible. Quoi qu'il en soit, ce qu'il faut comprendre, c'est que le Conseil de sécurité, c'est l'organe exécutif de l'ONU. C'est lui qui a la responsabilité principale du maintien de la paix et de la sécurité internationale. Il peut décider de sanctions et d'interventions militaires. Certaines de ses décisions ont force exécutoire. Il est donc plus important que l'Assemblée générale qui est surtout un forum de discussion entre États, et qui ne peut pas prendre de décisions contraignantes. Vous me suivez bien, jusqu'à présent ? Pas de questions ?

Tout le monde fit signe que non.

– Dans ce cas, reprit Louise, on va parler de notre projet pour vous. Je vais aller droit au but : votre mission sera de nous fournir votre meilleure puce pour qu'elle pique le représentant russe, afin qu'il vote selon nos intérêts et ceux de nos alliés. Une seule puce, parce que nous ne voulons pas qu'il y en ait plusieurs : cela pourrait éveiller des soupçons. Mais une puce surdouée, dont vous pouvez répondre. Si la mission réussit, ou si elle échoue, dans les deux cas personne ne pensera à en imputer la responsabilité à une puce. Vous êtes au courant de l'actualité internationale. Vous savez que c'est la paix du monde libre qui est en jeu, que c'est une question de vie et de mort pour des millions de personnes. Des questions ?

Tous les membres de l'équipe de Frankenstein regardèrent leur directeur. Son intérêt, son affection même, pour moi la pucelle, n'était un secret pour personne. Chacun trouvait cela amusant, et même quelque peu insolite. Les insectes du laboratoire étaient souvent malmenés, il n'y avait que Frankenstein pour s'attacher vraiment à eux, et à moi en particulier. Les souris et les rats avaient, par contre, un peu plus de succès.

Frankenstein me fixa soudain du regard. Un regard indéfinissable. J'y vis en un clin d'œil de l'amour, de la passion, de la peur, de l'envie, de l'effroi, de l'espoir et du désespoir, de la solitude et de la compassion, de la pitié, de la...

– Aucune question, vraiment ?

Et cette Louise qui n'arrêtait pas de jacter :

– Dans ce cas, je vais vous préciser comment cela va se passer. Nous partirons demain, avec deux puces : la titulaire et la remplaçante. Monsieur le directeur, vous serez du voyage. Aucun problème ?

Frankenstein, tout surpris, bafouilla qu'il ne savait pas, qu'il était pris au dépourvu, qu'il ne pouvait pas savoir comme ça...

– J'insiste ! clama Louise. Demain, c'est parfait. Après, c'est plus compliqué. Alors, d'accord ?

Frankenstein finit par s'incliner, un peu contre son gré. Tout cela était si inattendu... Et puis, je pense qu'il avait surtout peur de me perdre à jamais.

– Je sais, reprit Louise, que vous avez une puce particulièrement douée, à haut potentiel. C'est elle qui sera du voyage. Vous devrez aussi choisir sa remplaçante. Mon collègue et moi, nous vous accompagnerons pendant le voyage et lors de votre séjour à New York. Inutile de vous rappeler que tout doit rester secret. Vous êtes tous sur écoute et sous notre surveillance, discrète mais efficace. Pour le détail des opérations, nous allons nous entretenir avec vous seul, Monsieur le directeur. Vous autres, je vous remercie.

Les membres de l'équipe (les « Vous autres ») comprirent qu'on les mettait poliment à la porte. Ils sortirent donc en silence. Je vous épargnerai le détail de la conversation entre Frankenstein et Louise (Louis, lui, tout lucide qu'il fût, ne luisait pas par sa loquacité). Cela relève de considérations pratiques et du secret défense. Respectez cela : une puce n'est pas une moucharde !

Quand Louise et Louis furent enfin partis, ainsi que que tous les membres de l'équipe, Frankenstein vint s'asseoir près de moi. Il resta un long moment silencieux, me regardant d'un air où je croyais voir toute la détresse du monde, toute sa désespérance...

— Jeanne, Puce, ma pucelle, ça y est ! finit-il par murmurer. Le jour est venu ! Je te l'avais dit, que tu avais un destin à accomplir ! Mais que va-t-il se passer après ? Nous reverrons-nous jamais ? New York ! Comment ne pas se perdre ? Te perdre ! Et piquer le représentant russe ! Et après ? S'il te tue ? Que vais-je devenir ? Et le monde ? Je ne savais pas que c'était si grave ! Ah ! quel destin pour toi ! Je sais, je t'en parlais, mais je ne sais pas si j'y croyais vraiment, tandis que maintenant... On y est ! On y est !

Une puce peut-elle être triste ? Je pense que vous en doutez. Soit ! Mais je vous ai dit que je m'exprimais grâce à l'intelligence artificielle. C'est elle qui traduit pour vous mes sentiments supposés. Mes sentiments ? Appelez cela comme vous voulez, mais ne doutez pas qu'une puce puisse, elle aussi, avoir sa personnalité, comme tout être vivant ! Permettez alors à l'intelligence artificielle de m'accorder le don de tristesse, afin de partager le chagrin et les angoisses de mon maître adoré. Merci !

Le lendemain, je m'envolai donc pour New York. Comment voyage-t-on quand on est une puce ? Comment cela se passe-t-il aux différents contrôles ? Une puce peut-elle survivre à la pression qui règne dans les avions ? À la climatisation ?

Que de questions ! Une puce voyage comme vous, ou presque. Bien sûr, elle n'a pas de billet à son nom. Certaines compagnies aériennes aiment tout faire payer, au gramme près, ou presque. Mais pour les puces, non, quand même ! Les insectes peuvent voyager dans des boites adaptées, sous réserve des règlements de la compagnie aérienne, ainsi que de la législation des pays de départ et d'arrivée. Selon les insectes, la pression qui règne dans les avions peut ou non constituer un problème. En général, on peut dire que tout se passe bien, dans les conditions normales de transport. Des insectes exotiques, voyageant clandestinement, peuvent avoir moins de chances...

En ce qui me concerne, il n'y eut aucun problème. Il faut dire que je fis le voyage en classe affaires, et avec des diplomates. Cela facilita sans doute les procédures. Dès notre arrivée, nous fûmes reçus par d'autres diplomates, puis conduits à notre hôtel. Ma remplaçante et moi, nous étions dans la chambre de Frankenstein : une chambre, certes, mais vaste comme tout, et qui faisait elle-même partie d'une suite. C'était le grand luxe à la sauce américaine.

Le soir même, Frankenstein nous laissa seules, ma coéquipière et moi. Sans doute pour aller dîner et s'entretenir avec les diplomates sur le programme à venir. Ma coéquipière n'était pas dans la même boite que moi, cela limitait donc un peu nos échanges. De toute façon, elle avait sa vie, et moi la mienne. J'espérais surtout qu'elle n'aurait pas à intervenir, et que j'accomplirais seule ma mission.

Quand il revint, Frankenstein ne s'adressa d'ailleurs guère qu'à moi. Il me parla de tout ce qu'il avait appris, tant sur la mission que sur la situation internationale. Celle-ci était apparemment beaucoup plus grave que ce qu'il pensait, et ce que l'opinion publique pensait : nous étions à deux doigts de la guerre mondiale ! La Russie était même prête à appuyer sur le bouton nucléaire ! Et même si elle ne le faisait pas, elle rassemblait des troupes à ses frontières européennes pour passer à l'offensive ! L'imminence du cataclysme plongeait les milieux diplomatiques dans des scénarios d'apocalypse. C'était à se demander si l'humanité survivrait, si la vie sur terre avait encore un avenir.

Dès le lendemain, je pénétrai dans la salle du Conseil de sécurité, au deuxième étage du célèbre bâtiment de l'ONU. Cette salle est un hémicycle, avec une table centrale et trois gradins sur les côtés. Derrière la table, on peut voir une grande peinture qui la domine. C'est l'œuvre d'un artiste norvégien, une œuvre complexe, difficile à décrire, avec des scènes de paix et de conflits. Elle est notamment censée représenter le rôle de l'ONU. Outre le président du Conseil et le secrétaire général de l'ONU, les représentants des pays membres prennent place autour de la table – une table en forme de cercle, mais avec une grande ouverture à un bout, la table ne formant donc pas un cercle fermé. Si le Conseil n'a que quinze États membres, il ne faudrait pas croire qu'il n'y a que quinze chaises. Loin de là ! Derrière les sièges près de la table, il y a encore d'autres sièges, sur deux rangées. Enfin, sur trois côtés de la salle, on trouve encore des sièges en gradins. Tout cela fait donc une immense salle, impressionnante, avec beaucoup de sièges. Il faut dire que les séances du Conseil sont normalement publiques. Les représentants des États non membres peuvent y participer, mais sans droit de vote.

Avec tout ce monde, comment faire pour piquer le représentant russe ? Ce n'était pas simple ! D'autant plus qu'il n'était pas seul, il avait d'autres compatriotes avec lui. Les représentants de deux autres pays n'étaient pas non plus sûrs : ils pouvaient éventuellement s'allier à la Russie. Mon rôle était donc de piquer au moins les trois chefs des délégués de ces pays. Frankenstein m'avait rappelé le but de l'opération : il s'agissait de les empêcher de voter contre nos intérêts et ceux du monde libre, et même finalement contre ceux du monde entier. Il s'agissait, ni plus ni moins, que de sauver la paix du monde, afin d'en faire un monde de paix. Oui, il s'agissait de sauver le monde ! En outre, sur un plan plus immédiat, concernant la Russie, il fallait empêcher qu'elle fasse usage de son droit de veto. Mais en pratique, comment procéder ?

Ce fut plus facile que prévu. Frankenstein m'avait prévenu : les personnes à piquer auraient une odeur attirante pour moi, une odeur tellement irrésistible que je ne pourrais pas me tromper. Je ne le savais pas, mais les Russes n'ont pas d'odeur particulière : apparemment, ils ne puent pas plus que les autres. Des délégués français devaient simplement les imprégner d'une substance agréable pour moi. Comment ? Je ne savais pas ! Je n'étais pas agente secrète depuis assez longtemps !

Mon maître faisait partie de la délégation française, il devait s'asseoir deux rangées derrière le représentant français. Mais auparavant, il resta un peu debout, tout en se rapprochant des délégués russes. Bien sûr, des diplomates français étaient avec lui. Et moi, j'étais dans les cheveux de mon maître. J'étais si bien dans ses cheveux que je ne voyais pas pourquoi ni comment je pourrais en partir. Mais l'odeur du délégué russe était tellement attirante que je ne résistai pas : je sautai sur lui et le piquai avec conviction et détermination. À tel point que sa réaction fut immédiate : je reçus une taloche sur la tronche ! Mais la chevelure de mon hôte me protégea et me sauva la vie. Sûre d'avoir accompli ma mission, je retournai illico presto sur mon maître adoré. Si l'odeur du délégué russe était captivante, je ne voulais cependant pas devenir sa captive !

Cependant, j'étais un peu trop sonnée pour m'occuper des délégués des deux autres États. Ma remplaçante fut missionnée au pied levé pour les piquer. Elle ne réussit que pour l'un d'eux. Mais c'était un mâle (la puce, je ne parle pas du délégué) qui ne trouva rien de mieux à faire que de vouloir me sauter dessus et prendre ma virginité ! Comme si c'était le moment ! N'importe quoi ! Heureusement, Frankenstein choisit ce moment précis pour se gratter la tête, je ne sais pourquoi. En tout cas, cela fit choir l'intrus, et je me retrouvai seule avec mon maître chéri, satisfaite de la mission accomplie.

Pour moi, c'était fini, mais ce n'était pas encore le cas pour la paix du monde. Il fallait que les piqûres aient le temps de faire leur effet. Pour cela, le délégué français fit traîner les débats le plus longtemps qu'il put, au point d'agacer un peu tout le monde, y compris le Président et le Secrétaire général, ce qui était quelque peu gênant. Quand le vote eut enfin lieu, le succès de l'opération se confirma : à la surprise générale, la Russie et ses alliés votèrent dans le bon sens. Même le délégué qui n'avait pas été piqué : sans doute s'était-il concerté avec le délégué russe.

La suite appartient à l'histoire. Ce jour-là, la paix du monde fut sauvée ! Moi j'y croyais : pour sûr, le monde était sauvé ! Comme me l'avait promis Frankenstein, comme me l'avaient prédites mes voix intérieures, moi

Jeanne, pucelle de la terre de France, lorraine de surcroît comme l'autre Jeanne, j'avais libéré le monde de ses vieux démons meurtriers qui l'oppressaient depuis la nuit des temps ! Car rien ne serait plus comme avant ! Certes, avant, l'autre Jeanne avait voulu libérer la France, mais elle était morte sans avoir achevé sa mission, tandis que moi, la nouvelle Jeanne et pucelle, j'avais libéré le monde entier du péril d'une guerre qui menaçait d'annihiler l'humanité entière ! Pardonnez-moi, mais l'autre Jeanne et moi, on n'avait quand même pas joué dans la même catégorie !

Après le déroulement inattendu de cette réunion du Conseil de sécurité, tout un chacun se demanda comment allait réagir le chef du Kremlin. On s'attendait à ce qu'il désavouât son délégué, et même à ce qu'il le fît disparaître, par exemple par un accident d'avion, un empoisonnement, un séjour au goulag ou tout autre procédé habituel. On attendit, on attendit un jour, puis deux, et beaucoup plus, mais rien ne se passa. Cela semblait incroyable, mais le chef du Kremlin semblait avoir accepté la situation sans faire de vagues. Tout allait s'éclaircir plus tard, mais n'anticipons pas !

Frankenstein et moi, nous rentrâmes en France quelques jours après la réunion du Conseil de sécurité. L'autre puce avait disparu dans la salle dudit Conseil. Personne ne s'était d'ailleurs avisé de la chercher, ou simplement de demander :

– Excusez-moi, vous n'auriez-vous vu une puce, par hasard ?

Et cela, ni en français, ni en anglais (en français, les personnes auraient compris que vous cherchiez une puce électronique, et ils auraient peut-être fait semblant de la chercher par terre autour d'eux avec vous, mais si vous aviez posé la question en anglais...). Non, personne ne s'y était risqué !

Que faire après notre exploit ? Que faire quand on vient de sauver le monde ? Condescendre à s'occuper de petites affaires insignifiantes dans une mairie, un couple, entre des voisins ? Le cœur n'y était pas ! Alors chacun reprit ses expériences ou études habituelles, sauf moi qui restais dans ma cage vitrée, et qui continuais de recevoir les confidences vespérales de Frankenstein.

Cependant, par un beau matin printanier, tout changea soudain. Ce fut Teddy qui, arrivant en retard à la réunion d'équipe, apportait des nouvelles fraîches :

– Vous ne connaissez pas la dernière ?

Chacun faisant un signe négatif de la tête, Teddy reprit, tout content de ce qu'il allait révéler :

– Il y a eu des fuites ! Tout le monde est au courant pour les puces ! Les journaux, la radio, la télé, les réseaux sociaux, ils n'arrêtent pas d'en parler ! Les journalistes ont même cité notre laboratoire ! Sûr que des journalistes et des curieux vont bientôt se pointer ici ! Je peux vous dire que ça craint ! On est mal !

Le laboratoire était situé dans un endroit calme, et personne n'avait encore rien vu d'inhabituel. Cependant cela ne tarda pas : des voitures commencèrent bientôt à s'arrêter à côté, puis une petite foule grandissante commença à se former. Le téléphone n'arrêtait pas de sonner. Les courriels pleuvaient, personne ne savait plus où donner de la tête.

Toute l'équipe s'était mise aux fenêtres pour regarder le spectacle. Frankenstein sonna soudain la fin de la récréation :

– Du calme, s'il vous plaît ! On va ignorer tout cela, et continuer notre travail. Pour le reste, on verra au fur et à mesure la suite des évènements. Allez !

Mais rien n'y fit. Nul ne put s'empêcher de suivre l'actualité sur Internet, y compris Frankenstein lui-même. Les commentaires étaient fort divers, il y avait tout à la fois de la louange, de l'admiration, de la crainte, de la désapprobation et de l'ironie, ou encore de la moquerie. Dans l'ensemble, cependant, tout relevait de la même question : La fin justifie-t-elle les moyens ?

Mais le monde avait eu si peur que, malgré tout, la clémence l'emportait haut la main. On parlait même de Frankenstein pour le prix Nobel de la paix ou, à défaut, celui de chimie ou de médecine. Après tout, n'avait-il pas sauvé la paix et fait une découverte exceptionnelle de nature à révolutionner les rapports humains ? Dans les moments de tension extrême, chacun se dit que tout vaut mieux que la guerre, et donc que, oui, la fin justifie les moyens. Frankenstein – ou plutôt Franck Frank – voyait maintenant son nom de plus en plus encensé ici et là. Mais de là à avoir un prix Nobel, le chemin était encore long : cela prend au minimum plusieurs mois, souvent plusieurs années. Ce n'était pas gagné d'avance.

À New York, il fut question d'organiser une de ces célèbres parades où une célébrité défile en voiture tandis que de nombreuses personnes lui jettent des confettis et des rubans depuis les fenêtres des gratte-ciel. Mais Frankenstein ne voulait pas être célèbre, ni célébré : il fit savoir qu'il ne voulait ni prix ni parade. Il n'empêche : c'était la célébrité, pour lui et pour son équipe. Et pour ses puces, bien sûr, dont moi (ma feinte modestie dut-elle en souffrir). La célébrité, le triomphe et la gloire : quel succès ! Frankenstein me l'avait promis : promesse tenue !

Pour Frankenstein et son équipe, ainsi que pour les diplomates français, une interrogation demeurait cependant : qui avait pu divulguer l'information à la presse ? Louise et Louis revinrent au laboratoire pour enquêter. Ils interrogèrent toute l'équipe et son directeur, perquisitionnèrent même les locaux avec des policiers, mais cela ne déboucha sur rien. Aucun indice, aucun document compromettant, rien !

Frankenstein et son équipe en furent certes rassurés, même si personne n'avait pensé qu'un traître pût se cacher parmi eux. Après cette mésaventure, le calme revint peu à peu autour du laboratoire, même si la presse faisait état de débats qui se prolongeaient sur la moralité de toute cette opération diplomatique autour des puces.

C'était le calme avant la tempête.

VII

Le monstre de Frankenstein

L'histoire se répète souvent : nouvelle réunion, et toujours Teddy en retard qui demande :

– Vous ne connaissez pas la dernière ?

Nouveaux signes de tête négatifs, et Teddy qui reprend :

– Le mouchard, c'était Louis ! Et il travaillait pour les Russes ! Louis, le gars qui ne parlait jamais, eh bien en fait il parlait ! Il disait tout aux Russes, tout ce qui concernait l'opération avec les puces !

Étonnement et consternation dans la salle ! Chacun y alla de son commentaire. La réunion fut interrompue, et tous se ruèrent sur Internet pour avoir les dernières nouvelles.

À lire la presse, et à écouter les journalistes, il semblait bien que Louis fût dès le départ un agent russe. Il n'avait pas trahi en cours de route. Cela voulait-il dire que tout s'était passé selon la volonté du Kremlin ? Que finalement les Russes avaient choisi ce moyen, saisi cette opportunité pour éviter la guerre ? Qu'ils étaient toujours restés maîtres du jeu ? Que les diplomates français avaient été manipulés, et toute l'équipe du laboratoire avec eux ?

Le triomphe et la gloire, vraiment ?

Frankenstein et son équipe (et moi-même!), on y avait tous cru, et puis voilà, tout s'écroulait ! On croyait avoir sauvé la paix, mais non ! Enfin si, quand même : si notre victoire n'avait pas été aussi décisive que cela pour la paix dans le monde, elle restait une victoire scientifique, à défaut d'avoir été une vraie victoire diplomatique. Et puis, d'une façon ou d'une autre, cela n'avait pas servi à rien, la guerre avait été évitée. Plusieurs personnalités politiques croyaient toujours aux vertus des puces aux protozoaires, certains parlaient encore de la possibilité d'en larguer depuis des drones sur les zones de conflits. Mais dans les semaines qui suivirent, on observa cependant peu à peu un retour d'opinion important, et cela dans tous les pays respectant suffisamment la liberté de la presse. Ailleurs, ce fut une autre histoire, mais j'y reviendrai.

Les attaques vinrent de tous les côtés : des philosophes et des moralistes, des écologistes et amis des animaux, des professionnels de santé et des politiciens de tous bords. Il y en eut qui se spécialisèrent dans tel ou tel type de critiques, d'autres les amalgamèrent plus ou moins toutes dans un réquisitoire impitoyable. Les voix de la défense eurent de plus en plus de mal à se faire entendre, la chasse aux sorcières était ouverte ! La chasse aux sorcières ? L'expression fit mouche auprès de certains pour parler des puces transgéniques, même si ces sorcières-là étaient bien petites, n'avaient pas de manches à balai et ne volaient pas.

Les attaques les plus vives vinrent à propos des questions éthiques posées par les puces aux protozoaires. De quel droit, demandaient certains, pouvait-on obliger les gens à être heureux, joyeux ? Où était leur liberté ? Contraindre au bonheur, ce ne pouvait être que l'œuvre de régimes totalitaires voulant créer le meilleur des mondes. C'était proprement scandaleux, inadmissible, impensable. Oui, comment avait-on pu imaginer une telle infamie ? La puce aux protozoaires, c'était le mal incarné dans un nouveau monstre de Frankenstein. Frankenstein : le surnom de mon cher maître Franck Frank était ainsi passé naturellement dans le domaine public pour le désigner. Alors que c'était un surnom affectueux au sein de son équipe, c'était devenu ailleurs une expression de terreur : deux visions bien différentes !

Nombreux furent ceux qui discoururent et dissertèrent sans fin sur la notion de liberté. Comment l'être humain pourrait-il être jamais libre, lui qui est contraint par la loi, par son milieu et son éducation, par son hérédité ? Et maintenant, si on le piquait pour le rendre heureux, où serait sa liberté d'être malheureux ? C'eût été lui enlever sa dernière liberté ! Pas forcément celle d'être malheureux, mais celle de refuser un bonheur imposé, celle de pouvoir broyer du noir dans l'espoir de revoir les couleurs de la vie, de rebondir par soi-même après avoir touché le fond, de trouver en soi le ressort pour réagir et reprendre goût à la vie, sans avoir pour cela recours à des piqûres de puces aux protozoaires. Le rôle de l'État était certes de rendre les gens heureux, chacun en convenait, mais était-il, lui l'État, libre d'utiliser tous les moyens pour cela, y compris des moyens coercitifs ? Quitte à transformer ses citoyens en robots ? Des robots heureux, mais des robots quand même, sans libre arbitre ! Le bonheur était-il seulement le but suprême ? La vie en société est tellement complexe que le bonheur des uns ne fait pas forcément le bonheur des autres. Et même si le bonheur était la fin, cette fin ne pouvait en aucun cas légitimer tous les moyens pour l'atteindre, non ! Telle était la conclusion de tous ces penseurs.

Le milieu médical émit lui aussi les plus vives critiques. Cette histoire de piqûres, cela rappelait trop la dépendance aux drogues. Allait-on remplacer une dépendance par une autre, pour un bonheur sans doute aussi illusoire, et de toute façon temporaire ? Où était le progrès ? Il n'y en avait absolument pas, bien au contraire ! C'était une régression complète, c'était encourager tout ce que le monde médical combattait, tout ce contre quoi les comités d'éthique s'opposaient depuis toujours. En outre, aucun comité d'éthique n'avait été consulté, aucune autorisation demandée : c'était du grand n'importe quoi ! Cela risquait même de créer une psychose à l'égard des piqûres. On pouvait craindre que de nombreuses personnes se plaignent à tort d'avoir été piquées par des insectes et développent des symptômes par pur effet placebo (ou nocebo, plutôt). Pour certains, le risque d'hystérie collective était réel.

Les milieux écologistes et les défenseurs des animaux ne furent pas les derniers à émettre des critiques. Les puces aux protozoaires, ce n'était pas naturel selon eux, et il était hors de question de modifier la nature, fût-ce pour le bien de l'humanité. Fin de discussion ! Et puis, imbiber les puces de protozoaires, c'était, toujours selon eux, ignorer leur propre bien-être, c'était encore sacrifier des êtres vivants au seul bénéfice des humains, ce n'était ni moral ni écolo, en un mot c'était mal ! Les amis des chiens et des chats étaient quant à eux particulièrement inquiets. Après tout, si l'on avait beaucoup parlé des puces aux protozoaires pour leurs effets sur les humains, les puces normales s'en prenaient plutôt aux chiens et aux chats. Qu'allaient-ils donc devenir s'ils rencontraient des puces aux protozoaires ? N'allaient-ils pas succomber à un surcroît de bonheur ? C'était d'ailleurs là une autre question pour tout le monde : trop d'amour, trop de bonheur, trop de bien, était-ce vraiment un bien ? Que serait la vie si tout un chacun nageait perpétuellement dans le bonheur, dans la félicité éternelle ? Si l'on restait tout content quand on se faisait mal ? Les humains n'abandonneraient-ils pas toute prudence, toute raison ? Accepteraient-ils tout sans rechigner ? La vie elle-même ne deviendrait-elle pas monotone ou d'un ennui mortel ? Au lieu de prendre des risques, certains, au contraire, ne risquaient-ils pas de ne plus rien entreprendre, de peur de faire du mal à d'autres personnes, aux animaux, à la nature ?

Frankenstein et son équipe écoutaient, regardaient, mais ils ne comprenaient pas toutes ces interrogations. Tout cela leur semblait quelque peu exagéré et contradictoire. Les protozoaires de leurs puces n'avaient jamais qu'un effet limité dans le temps, cela permettait juste de donner un peu de bonheur à quelqu'un pendant un moment somme toute assez court, de le rendre plus sympathique, plus aimable, plus conciliant. Mais il n'avait jamais été question d'obliger qui ce ce fût à être heureux malgré lui. En outre, même un État démocratique se devait de rechercher le bonheur de ses citoyens, et pour cela il devait employer des moyens coercitifs, édicter de multiples interdictions et obligations. Les vaccinations pouvaient faire partie de ces obligations. Et une piqûre de puce, n'était-ce pas comme une forme de vaccination ?

Les États employaient bien divers moyens pour protéger leurs citoyens, au besoin contre eux-mêmes : ils interdisaient de fumer dans les lieux publics pour protéger leur santé, la vitesse était limitée sur les routes pour leur éviter de graves accidents, et ainsi de suite. Les exemples ne manquaient pas. D'une certaine façon, la fin justifiait bien les moyens, et les États tentaient bien d'obliger leurs citoyens à être heureux, au besoin malgré eux. Les puces aux protozoaires avaient le potentiel d'abaisser au moins les tensions, mais Frankenstein et son équipe n'avaient jamais songé à en faire une nouvelle drogue pour la population. Toutes ces accusations les blessaient donc profondément, même s'ils reconnaissaient entre eux qu'ils étaient sans doute allés trop loin dans leurs rêveries.

Frankenstein me l'avait bien expliqué, mais moi aussi j'y avais cru à ces idées de paix et d'utopie. Mais moi, j'avais une excuse : en tant que Jeanne et pucelle, j'avais entendu des voix qui m'avaient appelée à agir pour la paix dans le monde. Et mon maître

Frankenstein m'avait sans cesse confirmée dans ma mission.

Et puis voilà, tout s'arrêtait et tout s'écroulait ! Après toutes ces critiques, les sanctions commencèrent à tomber. De nombreux pays émirent des interdictions à l'encontre des puces aux protozoaires. L'OMS (Organisation Mondiale de la Santé) émit elle-même un avis négatif et des recommandations d'interdiction. Notre laboratoire était en outre sous la menace de poursuites judiciaires – même si les services secrets nous protégeaient encore et tentaient de nous garantir l'impunité.

Tout semblait donc fini à jamais.

Quoique...

Elle arriva sans prévenir, comme une espionne à pattes de velours. Toute vêtue de noir, toute de grâce féline, comme une chatte guettant sa proie, elle pénétra dans le laboratoire dont la porte était restée ouverte : un coup de chance pour elle, car sinon, l'aurait-on laissée entrer ? Autre coup de chance : toute l'équipe était là en réunion.

Louise était donc de retour ! Louise des services secrets par qui, finalement, tout était arrivé.

– Bonjour, dit-elle, le plus naturellement du monde, comme on salue des êtres familiers.

Devant les mines ébahies de Frankenstein et de ses équipiers, elle crut bon de répéter à plus haute voix :

– Bonjour !

Marie, qui était une fan de Gaston Lagaffe, ne put s'empêcher de s'exclamer :

– M'enfin ?!

Plus circonspect, Frankenstein répondit simplement :

– Bonjour.

Bon ! on va peut être accélérer un peu... Louise s'assit sans y être invitée et présenta à tout le monde ses excuses pour les fuites suite à l'intervention au Conseil de sécurité. Elle expliqua qu'elle regrettait tout le tapage médiatique autour de cette affaire, et elle assura à l'ensemble de l'équipe que les services secrets seraient toujours de leur côté en cas de problème. En ce qui concernait Louis, il était resté en Russie et n'était pas près de revenir. Mais que voulait-elle, elle, Louise ?

– Ce que je veux ? C'est votre aide ! Les services secrets ont un grand projet pour vous.

Un murmure de désapprobation parcourut l'assistance. Il en fallait plus pour décontenancer Louise. Elle reprit comme si elle n'avait rien entendu, ou presque :

– Oui, bien sûr, je sais que vous n'avez pas tout aimé dans ce qui vient de se passer. Mais sachez qu'en haut lieu tout le monde est satisfait de vous, et de l'opération telle qu'elle a été menée. Même s'il y a eu des rebondissements, vos puces n'ont pas démérité, ni vous non plus. Pour les autorités, l'opération a été un succès. C'est pourquoi vous devriez écouter la suite. Sachez que vous pourriez encore être utiles à votre pays. Avant de refuser, vous devez comprendre qu'il y a des intérêts vitaux en jeu.

Toujours la même rengaine ! Personne n'osait le dire, mais tous le pensaient. Louise marqua une pause, comme pour souligner l'importance de ce qu'elle avait dit, et de ce qu'elle allait dire, puis elle reprit :

– Vous savez que certains pays ont particulièrement apprécié l'opération : la Russie, bien sûr, mais aussi la Chine, la Corée du Nord...

– Que des pays démocratiques ! osa commenter Frankenstein.

Louise continua sans se démonter :

– Disons des pays en voie vers la démocratie, même si le chemin peut sembler long et sinueux. Mais en tout cas des pays que l'on ne peut pas laisser au bord du chemin. Si on les abandonne à eux-mêmes, ils vont se refermer, ce qui constituerait une menace pour nous. Et puis, ce qui est en jeu, ce sont des intérêts économiques et géostratégiques, des intérêts qui dépassent peut-être ce que l'on peut comprendre à notre niveau, mais qui existent cependant bel et bien, n'en doutez pas !

Louise se tut encore un moment, avant d'attaquer enfin le vif du sujet :

– Tout cela pour vous dire que le gouvernement de la Corée du Nord a sollicité notre assistance pour développer sur place votre programme de puces aux protozoaires.

Nouveaux murmures désapprobateurs dans la salle.

– Mais, objecta Frankenstein après un instant de réflexion, la France ne reconnaît pas la Corée du Nord !

– C'est tout à fait vrai, répliqua Louise, je vois que vous êtes bien informé ! Mais même si nous n'avons pas d'ambassade sur place, nous ne pouvons pas ignorer un pays qui existe quand même ! Le contraire ne serait pas très responsable de notre part ! Nous devons essayer de rester en bons termes avec la Corée du Nord. Son potentiel de nuisance est trop fort pour que nous l'ignorions. C'est une puissance nucléaire qui pourrait frapper ses voisins, la Corée du Sud et le Japon, mais aussi éventuellement les États-Unis ! Elle nous a sollicités pour les puces. Pourquoi lui dire non ? Si cela peut rendre les gens du pays un peu plus heureux, ou un peu moins malheureux, pourquoi pas ? Vous savez, la diplomatie, c'est juste une question de pragmatisme ! Il n'y a pas lieu d'en faire une montagne, si vous me permettez l'expression !

– C'est un régime totalitaire ! objecta Romain.

– Et de père en fils ! ajouta Camille. Et maintenant, on en est au petit-fils !

– Un pays communiste avec une famille royale, on aura tout vu !

Après cette remarque de Quentin, Frankenstein se tourna vers Louise en souriant :

– Je crois que vous avez la réponse de mon équipe sur votre projet : c'est non !

Louise sourit à son tour, avant de reprendre :

– Comprenez-moi ! Je ne suis pas ici pour défendre une dictature. Je suis ici pour défendre la France et la démocratie. Vous avez fait une merveilleuse invention avec vos puces aux protozoaires. Contrairement à ce que racontent certains, il n'y a pour ainsi dire que des effets bénéfiques. Leurs piqûres procurent un instant de bonheur, mais sans créer de dépendance. En tout cas, si dépendance il y avait, elle serait facile à éliminer : il suffirait d'éliminer les puces. Alors, qu'allez-vous faire maintenant de votre invention ? Vous n'allez pas la laisser dormir, alors qu'elle pourrait rendre tant de services à l'humanité ! Vous savez, nous commerçons beaucoup avec la Chine, la Corée du Sud et le Japon. Je le répète : nous ne pouvons pas ignorer leurs voisins de Corée du Nord. Nous sommes un des rares pays à ne pas reconnaître leur régime, avec les États-Unis, le Japon et la Corée du Sud, outre l'Estonie dans l'Union européenne. Cela nous oblige d'autant plus à ne pas en rajouter en refusant toute coopération avec eux. Nous avons bien là-bas un bureau de coopération, mais ce n'est en rien comparable à une ambassade. Il s'occupe plutôt de coopération culturelle. Nous souhaitons élargir cette coopération pour favoriser la paix et nos intérêts commerciaux dans cette région qui est hyper importante pour nous.

Frankenstein secoua la tête :

– Toujours du commerce ! Mais nous, on est des scientifiques, le commerce, ce n'est pas notre affaire !

Louise le regarda droit dans les yeux :

– Je me suis sans doute mal exprimée. Le commerce est certes secondaire. Il s'agit avant tout ici, comme à New York auprès du Conseil de sécurité, de se battre pour la paix. N'oubliez pas la guerre de Corée ! Nous ne voulons pas qu'elle recommence ! Si elle devait recommencer, cela pourrait déclencher une nouvelle guerre mondiale !

Louise fit tant et si bien que Frankenstein se laissa peu à peu fléchir, au grand dam des membres de son équipe. Il finit même par promettre à Louise de réfléchir à sa proposition de collaboration avec la Corée du Nord. Il ne voulait certes pas devenir complice d'un régime dictatorial qui opprimait son peuple, mais s'il s'agissait de sauver la paix avec ses petites puces, la situation était bien différente et méritait réflexion.

Son équipe essaya tant et plus de le mettre en garde, de le prévenir contre la manipulation dont il faisait l'objet, mais rien n'y fit : plus le temps passait, plus Frankenstein se persuadait qu'il devait y aller. Un soir il vint ainsi m'en parler :

– Qu'en dis-tu, Jeanne ? Ne serait-ce pas là une merveilleuse opportunité pour rebondir ? Et puis, il ne s'agit que d'apporter un peu de soulagement à un peuple qui en a bien besoin : pas de quoi fouetter un chat ! Qu'en penses-tu, toi ?

Je me rengorgeai. Frankenstein avait certes l'habitude de me parler, mais ce n'était pas pour demander mon avis, c'était plutôt pour avoir mon approbation muette. Bien sûr, je ne pus lui répondre. Mais il prit mon silence pour un assentiment.

Quelques semaines plus tard, nous atterrissions tous trois en Corée du Nord. Tous trois, c'est-à-dire Frankenstein et moi, avec Louise. Louise ! Au cours de nos conversations vespérales (enfin, conversations, c'est beaucoup dire...), j'avais bien senti qu'entre Louise et mon maître, il y avait un je-ne-sais-quoi d'étrange, d'ambigu même. Quelque chose qui dépassait la géostratégie et la géopolitique, quelque chose – comment dirais-je ? – de plus terre à terre, de plus animal, charnel... Bref, ils étaient devenus amants ! Une puce, fût-elle pucelle, sent ces choses-là. Quand le soir, Frankenstein me prenait dans sa chevelure, je sentais bien qu'il y avait du changement. Mais moi, Louise, je ne pouvais plus la sentir ! De quel droit se permettait-elle d'accaparer mon maître à moi, de lui parler seule à seul, de le retenir auprès de lui ? De devenir sa maîtresse, oui ! De fait, il s'était allé au point de délaisser trop souvent nos rendez-vous du soir pour aller voir sa belle, et moi je n'aimais pas ça, mais alors pas du tout ! Mais lui, tout benêt comme un jeune amoureux qu'il n'était pas (jeune : il ne l'était plus vraiment, amoureux si, hélas !), il n'avait plus d'yeux que pour elle, ou presque. Ses regards envers moi étaient devenus plus ordinaires, plus distants. Non, Louise, n'était décidément pas ma copine !

Quand je dis que nous étions trois à atterrir en Corée du Nord, c'est parce que je ne comptais pas mes remplaçantes, deux puces sans importance. De toute façon pour moi, elles comptaient pour des prunes. C'était moi la puce star, mais avec cette Louise dans les parages, je n'étais pas spécialement de bonne humeur. Alors ne venez pas me chercher des noises avec ces autres puces !

Conformément à la tradition (obligatoire), à notre arrivée à Pyongyang, nous dûmes aller déposer une gerbe devant le monument à la gloire de Kim Il-sung, le « président éternel de la République », et de son fils, Kim Jong-il, père du dirigeant actuel, Kim Jong-un, celui qui aime bien menacer ses voisins avec l'arme nucléaire développée dans un premier temps par son père avec l'aide des Soviétiques, au prix d'une famine qui fit un million de morts quand la Russie cessa de soutenir le régime, et financée aujourd'hui par divers trafics illicites et par la cybercriminalité. Au début pourtant, Kim Jong-un semblait aller vers la paix et l'économie de marché, avant de finir par craindre que cela ne mette le régime en danger. Lors d'une purge, il fit même exécuter son oncle, jugé à l'origine de cette politique. Vous suivez ? C'est le règne de la famille Kim, dont le nom veut dire « or ». Kim est le nom de famille le plus répandu du pays. En Corée, il n'y a principalement que quelques centaines de noms de famille, d'une ou deux syllabes. Les prénoms ont, eux, deux syllabes et viennent après le nom.

Au début, il n'y avait sur cette place de Pyongyang que le monument à la gloire de Kim Il-sung, le « président éternel » et « professeur de l'humanité tout entière », mais quand son fils est mort, il a eu droit à sa statue à côté de son papa. Les deux statues font vingt-deux mètres de haut, c'est dire qu'elles sont imposantes. Derrière les statues se trouve le musée de la révolution coréenne qui a comme décoration murale une représentation du mont Paektu, la montagne sacrée de la révolution. D'autres mémoriaux représentent des soldats, des ouvriers et paysans. Le fiston, Kim Jong-un, n'a pas encore droit à sa statue, mais cela viendra.

Le culte de la personnalité bat son plein en Corée du Nord. Louise et mon maître Frankenstein durent ainsi s'incliner devant les statues dont j'ai parlé. Quant à moi, je m'y refusai, mais personne ne le remarqua (j'étais dans une boîte que Frankenstein avait mise dans une poche de son manteau ; et puis, de toute façon, qui eût pu remarquer une puce inclinant la tête ?). Quand je parle de culte, c'est au sens littéral : si le régime s'en est pris aux religions, on y retrouve un peu le christianisme avec un dieu père et un dieu fils (les deux premiers Kim). Le culte est lié aussi au confucianisme qui enseigne le respect des ancêtres. Plusieurs légendes ont circulé au sujet des Kim. Un dissident a raconté que, lors de son enfance, lui et ses amis étaient convaincus qu'aucun des deux Kim n'urinait ni ne déféquait : les dieux ne pouvaient faire cela ! Le premier était aussi vu comme le créateur du monde, et son fils comme le maître du climat qu'il pouvait contrôler selon son humeur. La naissance du fiston aurait été annoncée par une hirondelle, l'hiver aurait soudain laissé place au printemps, une nouvelle étoile serait apparue dans le ciel, ainsi qu'un double arc-en-ciel. Magique ! À l'inverse, à sa mort, il y aurait eu une tempête de neige et des bourrasques.

Édifiant ! Comme je suis une puce cultivée (et qui s'était renseignée, ou plutôt que mon maître avait renseignée), je peux aussi vous dire que les deux Kim ont été embaumés et reposent dans des sarcophages en verre. Ils ne sont pas les seuls : Lénine en Russie, Mao en Chine et Hô Chi Minh au Vietnam ont eu droit aux mêmes honneurs. Que du beau monde ! (si l'on oublie tous les morts qu'ils ont causés, soit par la guerre, soit par la famine ; et si l'on oublie aussi le non respect des droits de l'homme). Sachez aussi que la République populaire démocratique de Corée (c'est son nom officiel), est le pays le plus militarisé au monde, selon la proportion de personnes sous les drapeaux par rapport à la population. C'est aussi le seul pays de l'histoire à avoir à sa tête une dynastie dite socialiste. L'idéologie officielle n'est plus tant le communisme que le « juche », une idéologie qui mêle l'indépendance politique à l'autosuffisance économique ainsi qu'à l'autonomie militaire. Après les trois premiers Kim, on a pu croire que Kim Yo-jong, la petite sœur du dirigeant actuel, serait peut-être promise à prendre la relève. Mais Kim Ju Ae, une fille du dirigeant, a été depuis quasiment adoubée pour lui succéder un jour. Ce serait alors la quatrième Kim à régner, et la première femme, mais on n'en est pas là ! Pour compléter ce tableau coréen, il ne me reste qu'à ajouter qu'entre la Corée du Nord et la Corée du Sud s'étend une zone démilitarisée qui est devenue une réserve de biodiversité de fait, et dont les abords sont on ne peut plus militarisés...

Mais c'est assez ! Maintenant que vous savez tout ou presque sur la Corée du Nord, revenons-en aux faits ! Dès notre arrivée à l'aéroport de Pyongyang, nous avions été accueillis par notre guide, car là-bas il est interdit aux étrangers de circuler librement. Après être allés au monument dont j'ai parlé, nous nous sommes rendus au laboratoire où Frankenstein devait présenter ses travaux. Une dizaine d'éminents scientifiques coréens étaient là. Pour faciliter la compréhension, je vais traduire ici leurs propos en français. C'était notre guide qui faisait office de traducteur, même si certaines personnes échangèrent quelques paroles en anglais avec Louise et Frankenstein, sous les oreilles désapprobatrices du traducteur.

– Parlez-nous de vos travaux, demanda un des savants en se tournant vers mon maître.

– Bien volontiers ! répondit-il. Nos travaux consistent à nourrir nos puces avec du sang contenant des protozoaires spéciaux que nous avons modifiés pour faire en sorte que, quand les puces piquent les humains, ceux-ci deviennent plus aimables, plus conciliants, plus contents même. Bref, qu'ils soient mieux disposés envers les autres humains, ce qui est de nature à transformer le déroulement d'une réunion dans le sens de la paix et de la concorde. Comme vous le savez puisque ce n'est plus un secret, nous avons eu un certain succès lors de nos expériences.

Les savants coréens, tout surpris, se regardèrent les uns les autres. L'un d'eux demanda :

– Des puces qui piquent ? Comment est-ce possible ? C'est avec une décharge électrique ?

Je ne vais pas reprendre le dialogue qui s'ensuivit : manifestement, les Coréens n'avaient pas tout compris. Quand en français on parle de puces, il peut s'agir de puces comme moi, cent pour cent « bio » et naturelles, mais il peut aussi s'agir de ce que vous appelez abusivement des puces électroniques qui n'ont rien à voir avec nous. Malgré tout le tapage médiatique qui avait eu lieu à notre sujet en Occident, la réalité des faits n'avait pas atteint la Corée du Nord, et il y avait eu comme un problème de traduction : les Coréens s'étaient attendus à discuter de puces électroniques, et non de vraies puces comme moi ! Cela changeait les perspectives, et les Coréens ne savaient plus que penser. Au bout d'un moment, après qu'ils se fussent concertés entre eux, il y en eut un qui demanda enfin :

– Avez-vous amené vos protozoaires spéciaux ? Et vos protozoaires spéciaux, pourraient-ils convenir aux puces coréennes ? Vos puces sont-elles naturelles ou bien transgéniques ?

– Oui, répondit Frankenstein, j'ai les protozoaires. Oui, je pense que les puces coréennes ne sont pas plus bêtes que les puces françaises. Mais non, elles ne sont pas transgéniques, contrairement à ce que certains ont cru ou voulu faire croire. Elles sont tout ce qu'il y a de plus naturel. D'ailleurs, j'en ai une sur moi, je vais vous la montrer.

Le triomphe et la gloire : le retour ! Dans ma petite boite (avec un côté en plexiglas), je fis le tour de l'assemblée, de mains en mains, devant tous ces savants extasiés. Assurément, c'était moi la vedette ! Et d'après ce que je comprenais de la situation politique, j'avais de quoi les faire fantasmer : même s'ils ne connaissaient guère (ou pas du tout, même) l'histoire de Jeanne la Pucelle, ils devaient en leur for intérieur penser que je pourrais leur être utile pour libérer les territoires occupés (selon eux) de la Corée du Sud. Chacun voit midi à sa porte !

– Mais pourquoi nous montrer votre puce si n'importe quelle puce peut faire l'affaire ? Ce qu'il nous faut, c'est votre formule pour modifier les protozoaires. Et après, nous les donnerons à nos puces coréennes.

Allons bon ! Voilà qu'un savant coréen détruisait en quelques mots tous mes rêves de grandeur et de gloire, moi qui m'étais vue déjà statufiée sur trente mètres de haut devant les deux ou trois Kim ! Paf ! Tout s'écroulait d'un coup ! Adieu gloire et renommée !

– Mais les puces, ce n'est bon que pour les chiens ! objecta soudain un autre savant.

Je tressaillis. Frankenstein m'avait expliqué ce qu'il en était des chiens en Corée du Nord : comme en Corée du Sud, en Chine et au Vietnam, ils servaient de nourriture aux humains – même si la situation évoluait. Ainsi en Corée du Sud , cela allait être interdit. Par contre, en Corée du Nord, le bruit courait que le dirigeant avait ordonné l'abandon des chiens de compagnie : ils devaient servir de nourriture à cause des pénuries alimentaires. Mais peut-être n'était-ce qu'une rumeur ? La Corée du Nord étant un pays fermé, il était difficile d'en savoir plus. Quant aux chats, c'était encore plus mystérieux : y en avait-il seulement ? Les coréens ne les mangeaient pas, mais en Corée du Sud leur viande servait parfois de remède contre la névralgie et l'arthrose. La Corée du Sud avait aussi des problèmes avec les punaises de lit, mais pour la Corée du Nord, on ne savait pas. Ce que Frankenstein avait appris et m'avait appris, par contre, c'était que la Corée du Nord s'était spécialisée dans l'exportation de faux-cils et de perruques pour le compte d'entreprises chinoises. En tant que puce, vous vous doutez bien que cela m'avait particulièrement intéressée. Comme vous le savez, j'étais une puce particulière : à part le milieu artificiel du laboratoire, je n'avais connu que la chevelure de Frankenstein et celle du délégué russe du Conseil de sécurité de l'ONU. J'ignorais tout des poils des chiens et des chats, un monde réputé pour être le lieu de prédilection des puces. Devais-je m'en plaindre ou le regretter ?

– Savez-vous, demanda soudain un savant coréen, que les impérialistes japonais ont utilisé les puces comme armes pendant leur guerre contre nous ? Pour propager la peste ou d'autres maladies ? C'était le début des armes biologiques. Il y eut plusieurs milliers de morts. Heureusement, grâce à notre glorieux dirigeant, nous avons pu vaincre les Japonais. Après guerre, Russes et Américains se sont intéressés à la diffusion directe de bactéries de la peste, sans passer par les puces, celles-ci pouvant aller n'importe où, même chez ceux qui les répandent contre leurs ennemis.

– Je sais ! répliqua Louise. On a dit que les armes biologiques avaient été utilisées en Corée et au Vietnam par les Américains, au Tibet par les Chinois, en Afghanistan par les Russes, et au Cambodge par les Khmers rouges. Mais les preuves manquent. On ne sait pas ce qui est vrai dans tout cela.

Le Coréen qui avait parlé des puces à propos des Japonais maugréa quelque chose qui ne fut pas traduit, puis il reprit, après un moment de réflexion :

– En somme, vous nous proposez de revenir aux puces comme armes biologiques, mais pour la paix, n'est-ce pas ? Pourquoi pas ? Mais nous qui pensions à des puces électroniques, nous sommes quand même un peu déçus ! Et combien de temps vos puces sont-elles efficaces ? Ou plutôt vos protozoaires? Car seuls comptent les protozoaires, et nous pouvons nous passer de vos puces à vous, n'est-ce pas ?

Il commençait à me les briser, celui-là, avec ses protozoaires ! Frankenstein, plus diplomate que moi, répondit plus posément que je ne l'eusse fait :

– Nos protozoaires sont efficaces assez longtemps pour changer le cours d'une réunion. Je n'ai qu'une puce ici, je propose de vous montrer ce qu'elle peut faire. Elle a déjà bu du sang contenant nos protozoaires. J'ai besoin d'un volontaire, ou de deux même. Qui se dévoue ? N'ayez crainte, ce n'est pas dangereux ! Mais après, je récupère ma puce, car j'y tiens !

Frankenstein m'expliqua alors ce qu'il attendait de moi, tandis que deux Coréens étaient désignés pour l'expérience par celui qui semblait être leur chef. Louise répandit un produit sur leurs mains. Attiré par l'odeur, ni une ni deux, je bondis hors de ma boite et allai piquer les Coréens. Comme je n'étais pas de bonne humeur, j'y mis toute mon ardeur. Sans doute grâce à cela, mes piqûres firent vite effet, et la réunion changea aussitôt de nature. De sérieuse et même froide qu'elle avait été, elle devint aussitôt bien plus chaleureuse, les deux Coréens piqués se chargeant de mettre de l'ambiance pour tout le monde. Quant à moi, je n'avais pas attendu pour revenir dans ma boite, auprès de mon cher maître.

– C'est bon ! dit le chef coréen, votre puce à protozoaires est bien efficace sur les humains ! Alors, maintenant, vous nous donnez la formule pour modifier les protozoaires ?

Ce fut Louise qui répondit :

– Nous allons vous donner des flacons avec des protozoaires. Pour la formule elle-même, cela dépend du gouvernement français. Vous devrez vous rapprocher de lui, je pourrai lui transmettre votre demande si vous le souhaitez.

Le chef coréen maugréa encore quelque chose qui ne fut pas traduit, puis esquissa un sourire où je crus voir un brin d'ironie :

– Selon nos informations, nous avions compris que vous aviez donné aux Russes des puces électroniques, mais qu'ils étaient en fait de connivence avec vous. Bon, ce n'étaient pas des puces électroniques, et peut-être que les Russes n'étaient pas de connivence avec vous. En tout cas, nous, nous allons tester les puces à protozoaires avec les Coréens du Sud, et je peux vous assurer qu'ils ne sont pas de connivence avec nous, loin de là ! Si l'opération réussit, ce sera encore plus grand qu'au Conseil de sécurité. La Corée pourra être réunifiée sous la coupe de notre glorieux dirigeant, et la guerre nucléaire évitée. La Corée vous en sera à jamais reconnaissante !

Frankenstein et Louise remercièrent poliment le chef coréen, et la réunion s'acheva peu après. Mon maître remit aux Coréens les flacons promis, ainsi que les deux autres puces qu'il avait amenées avec lui, et nous furent reconduits à l'aéroport. Quel voyage ! Et quelle expérience ! Une fois encore, j'avais fait des merveilles ! Une nouvelle fois, j'avais sauvé le monde alors que la guerre nucléaire menaçait ! Avec moi, c'était toujours du concret, jamais des paroles en l'air ! J'aurais d'ailleurs eu du mal à m'exprimer, mais c'est un autre sujet... Je ne connais pas tous les détails de ce qui se passa ensuite. En tout cas, je sais qu'il n'y eut pas de nouvelle guerre de Corée, ni de nouvelle guerre mondiale. Le gouvernement français livra-t-il la formule de modification des protozoaires aux Coréens ? Cela relève encore du secret diplomatique, et toute puce se doit de rester muette comme une carpe, vous n'en saurez donc pas plus.

Que faire, que devenir quand vous avez sauvé le monde par deux fois ? Quels projets, quelles ambitions peut-on avoir alors ? Si vous croyez que tout cela me montait à la tête, vous vous trompez ! Non, ce qui me préoccupait le plus, c'était que mon maître chéri perdît son temps à faire les yeux doux à Louise, au lieu de faire mille et une choses plus utiles, pour moi ou pour l'humanité, comme par exemple de passer plus de temps avec moi, ou même d'inventer des protozoaires encore plus efficaces. Mais non, Louise par-ci, Louise par-là, il ne pensait plus guère qu'à ça ! Il en venait même à ignorer toutes les critiques qui pleuvaient toujours sans pourtant le toucher. Ici en Occident, en Europe et en France, le Franck Frank de Corée était redevenu Frankenstein, le père d'un monstre dont j'étais moi-même l'incarnation.

Le monstre de Frankenstein : cette appellation me plaisait, elle me liait à jamais à mon maître adoré. Par contre, Louise, elle, n'était rien, tout juste à peine une compagne, peut-être temporaire, sûrement même ! Entre Frankenstein et moi, c'était bien plus sérieux, c'était d'un tout autre niveau, autrement plus charnel, c'était un amour dévorant, passionnel, qui ne peut se décrire si l'on ne l'a pas vécu.

J'aurais volontiers piqué Louise, mais de rage, pour lui passer la peste, si j'eusse pu. Mais bon, la peste ne courait plus les rues et, de toute façon, j'étais retenue dans ma cage vitrée, à part quelques virées vespérales dans la chevelure de mon maître chéri. La vie était douce, somme toute, quand je feignais d'ignorer les infidélités de mon maître avec celle qui jouait à être sa maîtresse. Moi, je ne pouvais pas être la maîtresse de mon maître. Je le respectais trop, il était tellement beau, il avait tellement de prestance, il était si intelligent, il était en tout un maître... Et puis, une pucelle se doit de garder sa pureté, d'être fidèle à son maître, comme son éternelle promise, pour la vie et jusqu'à la mort. La mort ! Je n'y avais jamais songé, quand on est et qu'on est née puce, on n'y songe jamais. Mais la vie d'une puce est courte, et elle peut-être encore plus courte si les évènements s'en mêlent. Je devais l'apprendre à mes dépens. C'est ce que je vais maintenant vous narrer.

VIII

Le bûcher final

Peu de temps après notre retour, Frankenstein fut contacté par les services secrets, par l'intermédiaire de Louise : ils lui proposaient un poste officiel en tant qu'agent secret. Malgré l'insistance de Louise, il refusa. Je fus ravie qu'il dît enfin non à Louise ! Non, mais ! Louise bouda un certain temps, puis lui pardonna. J'eusse préféré que sa bouderie durât plus longtemps, mais ce ne fut malheureusement pas le cas. Peut-être espérait-elle encore le convaincre ?

Presque en même temps, Frankenstein fut aussi contacté par un individu quelque peu étrange qui se disait envoyé par la Corée du Nord pour lui proposer de travailler pour le compte des services secrets de son pays. Mon maître l'envoya proprement promener sans ménagement : il commençait à en avoir assez qu'on voulût l'embaucher pour jouer à l'agent secret : lui, ce qu'il voulait, c'était de continuer à travailler en paix dans son laboratoire, point ! Et puis, la Corée du Nord, sa dictature opprimant le peuple, son manque de liberté, son alliance avec la Russie contre l'Ukraine, son chantage nucléaire permanent, sa cybercriminalité, son culte de la personnalité pour la dynastie au pouvoir, le peu qu'il en avait vu sur place lui avait largement suffi. Il regrettait d'ailleurs de s'être tant soit peu compromis avec un régime si corrompu, responsable de millions de morts par la guerre et la famine.

La vie reprenait cependant son cours, en douceur, comme un long fleuve tranquille. À défaut de devenir agent secret, simple ou double, mon maître poursuivit son travail habituel. Quand il n'était pas avec sa Louise, il me prenait dans ses cheveux, et j'étais tout heureuse. Il continuait aussi des recherches, tant avec les protozoaires, les bactéries et autres microbes, qu'avec les rats, souris et de multiples insectes.

Un soir, malheureusement, ce fut le drame. Alors que j'étais au nirvana dans son abondante chevelure, mon vénéré maître chuta. Il émit des gémissements, beaucoup de gémissements, mais de moins en moins forts, puis il se tut. À jamais. Il ne bougea plus, ne respira plus.

Que faire quand on est une puce et qu'il vous arrive une chose pareille ? Un humain eût appelé les secours, déclenché une alarme, crié, pleuré, supplié – mais une puce ? Que pouvais-je faire en tant que puce ? J'étais là, désarmée, impuissante, apeurée, sans voix, pétrifiée ! Il n'y avait plus personne au laboratoire, et personne ne viendrait avant le lendemain matin. J'étais seule, désespérément seule ! Que faire ? Rien : je ne pouvais rien faire, à part attendre que ça se passe. Je sais, vous allez me dire qu'une puce n'a pas de conscience comme vous, qu'elle ignore ce que sont la peur, la joie, les émotions, la vie et la mort. Selon vous, les insectes comme nous ne font jamais que réagir à des stimulations, sans rien anticiper ni imaginer, sans rien comprendre à quoi que ce soit.

Croyez ce que vous voudrez, mais moi je vais vous dire comment tout cela s'est passé. Je vous rappelle que je parle sous le couvert de l'intelligence artificielle qui me donne ainsi la parole.

Mon maître chéri était étendu au sol, et moi je restais dans sa chevelure. Le temps passant, je commençai à avoir un peu frisquet. Je l'ignorais, mais c'était normal : mon maître refroidissait de plus en plus. Mon maître était mort !

Toute autre puce serait partie, car nous les puces, nous préférons la chaleur. Mais pour moi, quitter mon maître, c'était inimaginable, impensable !

Vous pensez sans doute que les puces, comme les insectes, n'ont pas la notion du temps, et que je ne peux donc pas dire que la nuit fut longue. C'est ce que disent les humains à notre sujet. Libre à vous, et peu importe ! En tout cas, après cette terrible nuit, le lendemain, ce fut la stupeur, la consternation au laboratoire, quand les membres de son équipe découvrirent le corps sans vie de leur directeur, collègue et ami, Franck Frank, alias Frankenstein. Il n'était plus !

Malgré l'agitation, je ne bougeai pas et personne ne me remarqua. Nul ne songea d'ailleurs à me chercher, même si tous avaient vu que je n'étais plus dans ma cage vitrée. Comme ils connaissaient la passion que mon maître me portait, ils se doutaient que je ne devais pas être loin, et même certainement très près.

Son équipe et les journalistes parlèrent d'un problème cardiovasculaire, infarctus, rupture d'anévrisme ou autre, mais moi je savais que mon maître avait partagé avec moi la même extase, la petite mort qui pour lui avait été la grande, ce que certains appellent l'épectase.

L'épectase ? À l'origine, c'était un terme grec qui désignait en philologie l'allongement d'une voyelle. Les chrétiens l'ont utilisé pour définir l'effort de l'âme vers la sainteté, ou la béatitude des élus au paradis s'accroissant sans cesse sans jamais connaître la satiété. Puis le terme a changé de sens en 1974 au décès du cardinal français Jean Daniélou chez une prostituée. L'Église expliqua que le cardinal lui avait rendu visite dans le cadre de son ministère, pour lui donner de l'argent afin qu'elle puisse payer un avocat pour faire sortir son mari de prison. Lors de son éloge funèbre dans le journal « Le Figaro », Xavier Tillette, un éminent prêtre et philosophe catholique écrivit, à propos du cardinal défunt, que « c'est dans l'épectase de l'apôtre qu'il est allé à la rencontre du Dieu vivant ». Il est vrai que le cardinal avait lui-même abondamment commenté ce terme. Pour plaisanter un peu sur les circonstances de la mort du cardinal, le journal « Le Canard enchaîné » donna cependant à ce mot une autre signification bien éloignée de la définition d'origine qui était purement théologique. Un autre journal, « Charlie Hebdo », en rajouta dans la même veine satirique.

Mon maître était mort en m'aimant, et moi aussi je l'avais aimé, et je l'aimais toujours. Mais moi, malgré mon extase, je n'étais pas morte. En tant que pucelle, je ne pouvais tout simplement pas mourir ainsi. Mais je ne pouvais pas non plus continuer à vivre : je devais accompagner mon maître jusqu'au bout. Et c'est ce que je fis. Le corps de mon bien-aimé maître fut emmené dans une chambre funéraire, et moi avec lui. Il ne faisait pas chaud, et la tête de mon maître était toute froide, mais je restai sur lui, bien décidée à ne jamais l'abandonner.

Que devient un corps humain après la mort ? Il se refroidit et se rigidifie pendant un certain temps. Des taches mortuaires apparaissent, ainsi que des odeurs désagréables, et les bactéries attaquent le corps qui commence à se putréfier. S'il n'est pas dans un endroit clos comme une chambre mortuaire ou un cercueil, des mouches y pondent des œufs qui donnent naissance à des asticots qui vont se nourrir sur la bête – si vous me permettez l'expression. Puis les chairs se décomposent, se liquéfient et le corps s'assèche, les cheveux et les poils tombent et il ne reste que le squelette qui se disloque avec le temps.

Mais il ne pouvait pas en être ainsi pour mon maître adoré ! D'une part parce qu'il avait prévu d'être incinéré, et d'autre part parce qu'aucune mouche n'a pu se pointer sur lui. De toute façon, je ne les aurais pas laissé faire. Hors de question ! Hors de question qu'elles mettent jamais leurs sales pattes sur le corps de mon bien-aimé ! Le corps de mon maître n'était plus qu'à moi, et je me faisais fort de le protéger contre tous ceux qui voudraient l'attaquer ! Et moi seule je resterais avec lui tant que je vivrais ! Telle devait être ma destinée afin de mourir avec lui !

Le dernier voyage fut pour le crématorium. Qu'une pucelle comme moi finît brûlée, avouez que c'était somme toute logique ! Certes, un crématorium n'est pas comme le bûcher de jadis, mais c'est quand même un peu sa version moderne, à part que l'on y brûle des morts, non des vivants, comme le fut Jeanne la Pucelle.

Dans le four du crématorium, tout se passa très vite. J'avais pu résister au froid du corps de mon maître et à celui de la chambre mortuaire – un froid de canard à vous donner la chair de poule, sinon le cafard – mais je ne pus résister longtemps à la chaleur du four. Dans un tel four, ce n'est pas tant les flammes que la chaleur qui réduit les corps en cendres. Il faut dire que la température peut monter jusqu'à neuf cents degrés Celsius, voire plus, selon la corpulence du défunt et le type de cercueil. Lors de la crémation, le bois du cercueil, les chairs et les vêtements se transforment en gaz et en poussières qui partent en fumée. Au bout d'une heure et demi, il ne reste que les os, du moins leur partie calcaire. Ces os sont broyés et remis dans une urne pour être à la disposition de la famille. Dans le cas d'un nourrisson, il ne reste même plus rien du tout. Comme pour une puce... Si le défunt avait des pièces métalliques sur son corps, elles sont récupérées pour être vendues.

Savez-vous qu'il existe des crématoriums pour animaux ? Et des jardins du souvenir, et aussi des columbariums, comme pour les humains ? Je gage toutefois qu'aucune puce ne passât jamais par là, du moins volontairement !

Que se passa-t-il ensuite ? me demanderez-vous. La vie continua, mais sans Frankenstein ni moi ! Enfin, non, d'une certaine façon, nous étions encore là et nous y serions pour très longtemps encore. En effet, tout ce qui existe, les animaux, les plantes, les objets, les gaz et liquides, tout est constitué d'atomes, et les atomes se déplacent constamment entre les uns et les autres. Mes atomes de pucelle ont pu être jadis des atomes de diplodocus, et pourront être demain des atomes d'une fusée pour Mars. Que nous soyons vivants ou morts, nos atomes vont et viennent sans cesse. Certes, à la longue, sur le très long terme, ils peuvent se transformer ou se désintégrer par suite de réactions nucléaires. Mais il reste alors les particules élémentaires qui les constituent, dont certaines seraient immortelles ou quasiment immortelles. Cela, c'est pour la matière. Mais qu'en est-il de ce qui faisait que Frankenstein était lui-même, qu'il avait sa personnalité, son esprit, ses pensées ? Ce que certains appellent aussi son âme ? Et qu'en est-il pour moi-même ? Tout cela disparaît à jamais avec la mort. Ceux qui ont foi en une vie après la mort peuvent croire le contraire, mais c'est le principe de la foi : c'est juste une croyance, non un fait. Toutefois, même ce domaine non matériel ne disparaît pas forcément : de son vivant, Frankenstein avait l'esprit de sa génération. Même s'il n'était pas toujours d'accord avec ses semblables, il était comme eux et partageait certaines de leurs idées. Il participait donc à créer une pensée collective qui n'est pas morte avec lui. Au fur et à mesure que les générations se succèdent, cette pensée collective évolue. Finalement, il en est donc comme pour la matière : rien ne disparaît, tout se transforme, pourrait-on dire en s'inspirant d'une formule célèbre.

Et pour les puces, pour tous les insectes ? Vous autres humains, vous n'imaginez pas que nous puissions avoir une pensée collective, l'esprit d'une génération. Vous ne nous accordez qu'un instinct. Certes, nous les insectes, nous n'avons pas la même sorte d'intelligence que vous. Mais nous étions là bien avant vous, et nous serons peut-être encore là après vous – si vous ne nous faites pas disparaître avant ! C'est dire que nous sommes quand même des êtres exceptionnels ! Quoi qu'il en soit, nos atomes sont comme les vôtres : n'oubliez pas que certains de vos atomes viennent des puces et d'autres insectes, et y retourneront !

Frankenstein et moi, nous étions donc en quelque sorte toujours là. Le monde aussi. Il était resté tel que nous l'avions connu, avec sa violence et ses guerres. Notre œuvre commune, à Frankenstein et à moi, n'avait-elle donc servi à rien ? Certains pays, dont la Corée du Nord, avaient bien essayé les puces aux protozoaires pour influencer leurs adversaires. Mais la parade avait été vite trouvée : soit des insecticides, soit des pièges à puces. Au final, le monde n'était donc pas devenu meilleur. Heureusement, et malgré ce que je viens de dire, mon maître et moi n'étions plus là pour voir tout cela. Comme lui, j'avais voulu sauver le monde, mais le monde restait toujours en danger. Et moi, à l'inverse de Jeanne la Pucelle, si j'avais finie brûlée comme elle, je n'avais rien libéré, ni personne.

Appendice
(rédigée par I.A., comme Insecte Anonyme)

Bien que morte, j'ai pu vous raconter mon histoire : n'est-ce pas magique ? C'est la magie de l'intelligence artificielle, vous ai-je dit, qui m'a permis de vous raconter mon histoire. Mais n'exagérons pas : une morte ne peut plus parler ! Celui qui va vous parler maintenant n'est plus qu'un I.A., un Insecte Anonyme (qui parle toujours quand même grâce à l'intelligence artificielle). On devine quand même qu'il s'agit sans aucun doute d'une puce...

****

Pour vous les humains, nous les insectes, nous sommes insignifiants. Mais le sommes-nous vraiment ?

Tout d'abord, regardez-vous : quelle est votre place dans l'immensité de l'Univers ? Vous-mêmes, vous n'êtes absolument rien dans l'Univers ! Les insectes sont plus petits que vous, c'est un fait. Mais cette différence de taille, vue depuis le fin fond de l'Univers, est tout à fait négligeable. C'est elle qui est insignifiante !

L'intelligence ? Parlons-en ! Vous vous pensez infiniment supérieurs à nous. Vous avez tout inventé, vous avez transformé le monde, c'est vrai. Mais à quel prix ! Au point de le rendre invivable, pour vous comme pour nous ! Vous avez détruit des forêts, pollué des cours d'eau, décimé la faune et la flore, et même perturbé le climat ! Comparez-vous par exemple aux fourmis, ou encore aux termites (les puces viendront plus tard !) : ces insectes peuvent eux aussi construire d'énormes habitations. Mais celles-ci se fondent dans la nature et ces insectes vivent en harmonie avec elle. Les fourmis sont ainsi connues pour être très organisées, avec des éleveuses, des cultivatrices, des ouvrières, des déménageuses, des soldates, des exploratrices et des guerrières agressives et colonisatrices. Certaines espèces peuvent percer des galeries pour bâtir des cités de plusieurs millions d'individus. N'est-ce pas là une forme d'intelligence, par certains aspects supérieure à la vôtre ? (Même si les fourmis ne sont pas un modèle de pacifisme, car elles combattent contre d'autres fourmis, et contre les termites, mais c'est un autre sujet, refermons la parenthèse). Vous parlez à leur égard d'intelligence collective, due à des comportements instinctifs rudimentaires sélectionnés par l'évolution. Rien n'est planifié, mais le résultat est le même, et cela sans architecte ! Du reste, vos architectes s'inspirent même du système de climatisation de certaines fourmilières, et vos ingénieurs veulent reproduire le comportement des fourmis pour faire travailler ensemble des petits robots. Les insectes sont sur terre depuis bien plus longtemps que vous, ils ont encore beaucoup à vous apprendre. Peut-être y seront-ils encore quand l'humanité aura disparu.

Dans l'Univers, les distances sont si grandes que vous n'avez aucune chance d'entrer un jour en contact avec une civilisation extraterrestre semblable ou supérieure à la vôtre (selon votre point de vue) – s'il en existe une, ce qui n'est même pas certain ! Malgré tous les racontars, les faits sont là ! À défaut de pouvoir serrer la main à un extraterrestre, vous pensez peut-être que l'humanité parviendra à recevoir un jour un signal de leur part ? Mais là non plus, ne rêvez pas trop ! Si d'autres planètes sont habitées, elles ont plus de chances de l'être par des microbes ou des insectes comme nous !

Et même si vous ne trouvez pas ces planètes, certains d'entre vous, en Chine, projettent de créer une base lunaire avec un système de surveillance capable de détecter de façon autonome tout événement suspect grâce à des caméras de sécurité avancées dotées de puces guidées par intelligence artificielle. Les puces seront ainsi sur la Lune ! Certes, il ne s'agit pas de vraies puces. Mais ces puces électroniques, ainsi que les nanopuces, sont là pour illustrer que tout ce qui est petit est très important, essentiel même.

Selon la la légende, le premier bug de l'informatique est né en 1947 à l'université d'Harvard, sur la côte est des États-Unis, quand un insecte de la famille des mites – un « bug » en anglais – a créé un court-circuit dans un calculateur, ancêtre des ordinateurs actuels. Le pauvre insecte en est mort. Sa dépouille a été scotchée dans le livre de bord de l'ordinateur, en mentionnant que c'était le vrai premier bug trouvé. Cette histoire a été racontée de multiples fois, ce qui a popularisé le terme. Celui-ci existait certes depuis la fin du siècle précédent, mais de façon plus confidentielle. Comme quoi une simple « bestiole » peut créer de gros dégâts!

C'est un peu comme le grain de sable qui fait tout capoter !

Nous les insectes, nous sommes certes petits, mais vous ne pouvez ignorer qu'il y a bien plus petit. Même si l'on n'a pas encore tout découvert, certains considèrent que les virus sont les organismes vivants les plus petits. Toutefois, de nombreux scientifiques considèrent qu'ils ne sont pas vivants car ils dépendent de cellules hôtes. Il resterait alors surtout les bactéries, ces micro-organismes unicellulaires qui sont partout sur terre, y compris dans votre corps. Virus et bactéries forment, avec les protozoaires et des champignons microscopiques (levures et moisissures), ce que l'on appelle les microbes. Au quotidien, nous cohabitons, selon une estimation, avec quatre-vingt-dix milliards de microbes.

Pour vous, les microbes peuvent être bénéfiques ou maléfiques. Ceux qui sont mauvais pour vous ne sont pas les plus nombreux : des bactéries causent ainsi la peste, le choléra et d'autres maladies, tandis que des virus peuvent causer la grippe ou le sida. Le Covid-19 lui-même était causé par un virus. Cependant la plupart des microbes vous sont essentiels, et vous vivez en symbiose avec eux. Ceux de votre système digestif sont particulièrement importants, à tel point que pour remplacer des bactéries déficientes causant une infection, certains ont songé à la greffe fécale. Il s'agit d'injecter par l'anus, comme pour un lavement, une solution préparée à base des excréments d'un donneur sain, de préférence un proche du receveur.

Les protozoaires dont il est question dans ce livre, sont, eux aussi, des organismes unicellulaires. On en trouve dans l'eau, douce ou salée, dans les sols humides et à l'intérieur de certains animaux. Ils peuvent être génétiquement modifiés, notamment pour contribuer à combattre des cellules cancéreuses. Les puces peuvent les transmettre. Par contre, on n'a pas connaissance qu'ils aient été jamais modifiés pour apporter l'euphorie au monde...

Pour rester dans le milieu médical, et en revenir à nous les insectes, notez que certains asticots (des larves de mouches) sont utilisés dans des pansements spéciaux pour qu'ils consomment les tissus morts d'une plaie, ce qui accélère la cicatrisation de celle-ci. On appelle cela l'asticothérapie ou la larvothérapie. Les asticots qui mangent les morts peuvent ainsi soigner les vivants.

Nous les insectes, nous sommes donc des vecteurs de vie et de mort. Dans les laboratoires, les mouches drosophiles sont très utilisées, car la moitié de leurs gènes a des homologues dans le génome humain. Pour les gourmets, certaines mouches permettent aussi de repérer des truffes : on gratte un peu la terre avec une baguette, et si ces mouches virevoltent, c'est qu'il y a des truffes dans le coin ! D'autres gourmets mangent directement les insectes, mais cela dépend des traditions des pays. Les fourmis, les abeilles et les guêpes sont quant à elles capables de détecter certains cancers à l'odeur. De façon générale, les insectes sont aussi utiles pour contrôler la qualité de l'air et de l'eau, ainsi que pour la lutte biologique, par exemple pour combattre des plantes invasives. Sur un cadavre, ils permettent de déterminer quand la personne est morte, plusieurs types d'insectes intervenant après la mort à des stades différents. Même fossilisés, ils sont encore utiles : ils peuvent nous en apprendre beaucoup sur les modes de vie passés, comme les habitudes alimentaires ou vestimentaires, sur l'histoire de la vie elle-même. En Russie, de la résine est tombée jadis sur deux termites qui s'accouplaient, les figeant en plein acte pour l'éternité : cela a créé un fossile vieux aujourd'hui de trente-huit millions d'années. N'est-ce pas beau ?

Avant d'en revenir enfin aux puces, il nous faut parler un peu des moustiques. Si les puces ont pu jadis être mises en cause du temps de la peste noire – la pandémie la plus meurtrière et la plus grande catastrophe démographique de l'histoire de l'humanité, excusez du peu – vos critiques concernent aujourd'hui plutôt les moustiques. Il faut dire que le moustique est pour vous le plus meurtrier des insectes, et même des animaux. Il tue de sept-cent-mille à un million de personnes chaque année, en transmettant diverses maladies comme le paludisme, la malaria, la dengue, la zika, le chikungunya,, la fièvre jaune, la fièvre du Nil occidental... Plus simplement, il peut gâcher la fête un soir d'été.

Pour les étudier, il faut les attraper vivants. Pour cela, certains pratiquent la chasse aux moustiques par capture sur l'homme : il s'agit de laisser les moustiques se poser sur une jambe ou un bras, et de les attraper avant qu'ils ne piquent. Pour les attraper, il faut aspirer les insectes dans un tube, puis les repousser dans un réservoir en soufflant dessus. Cela ne réussit pas toujours, et les piqûres ne manquent pas... On utilise aussi différents pièges, ce qui évite d'être piqué.

Une question a préoccupé certains scientifiques : comment font les moustiques pour ne pas périr sous un orage ? Car effectivement, ils réussissent à passer entre les gouttes. Enfin, façon de parler !

Un chercheur américain a étudié le cas de l'anophèle, un moustique des climats humides qui mesure trois millimètres et pèse deux milligrammes, alors que les gouttes de pluie font de deux à huit millimètres de diamètre pour une masse qui peut aller jusqu'à cent milligrammes – cinquante fois plus que celle du moustique ! Mais si l'on prend en compte la vitesse de la chute, l'insecte reçoit en fait dix-mille fois son poids sur la tête ! Et il reçoit une telle goutte toutes les vingt-cinq secondes ! Normalement, il devrait passer illico de vie à trépas. Eh bien non ! Comment fait-il ?

Pour le savoir, le chercheur américain a placé un moustique dans une cage adaptée et l'a arrosé pour simuler une forte pluie, tout en filmant le tout avec une caméra ultrarapide, ce qui lui a permis de décomposer tous les mouvements du moustique. Il a ainsi vu que le moustique n'essaie pas de passer entre les gouttes, au contraire il continue d'aller droit devant ! Quand il est touché, il chute brutalement, se débarrasse de sa goutte et remonte. Le plus souvent, il est touché sur les ailes et les pattes. Il vire alors de cinquante degrés pour accompagner le choc, et redresse le cap en un centième de seconde. S'il est touché sur le corps, entre les ailes, il se laisse tomber avec la goutte, ce qui empêche celle-ci d'exploser. Le moustique pivote alors sur lui-même pour renverser la goutte qui était pour ainsi dire comme posée sur son dos. Pour lui faciliter la tâche, son dos est équipé de minuscules poils hydrophobes. Lors de sa chute il subit une pression fantastique, trente fois plus forte que celle d'un pilote de chasse ! C'est peut-être un record dans le monde animal. Le seul risque pour le moustique est de finir noyé, car s'il est trop près du sol, il ne pourra pas remonter et se noiera dans une flaque d'eau. Noyé, mais non écrasé : son exosquelette lui permet de supporter une pression équivalente à dix-mille fois son poids.

Inutile de dire qu'un tel moustique est un modèle pour les ingénieurs qui rêvent d'inventer des drones de la taille d'un insecte...

Les moustiques, les moustiques... Pourrait-on enfin parler des puces ?

Mais bien sûr, et merci de votre intérêt pour elles !

Les puces sont plus petites que les moustiques, et contrairement à eux, elles ne volent pas : elles sautent. Elles n'ont d'ailleurs pas d'ailes. Pour piquer plusieurs personnes, il faut donc que celles-ci soient proches. Une puce peut piquer dix fois par jour. Comme les femelles des moustiques, et comme les vampires (du cinéma !), les puces se nourrissent de sang. Ce sont des parasites. Si les moustiques vivent dans des lieux humides, les puces préfèrent les poils, et même les plumes. En cela elles se rapprochent des poux, qui squattent aussi sur un hôte. Mais au contraire des puces, les poux rampent et ne sautent pas. Ils se nourrissent de peaux mortes, et non de sang. Ils sont aussi plus grands que les puces. Quant aux pucerons, malgré leur nom, ils n'ont rien à voir avec les puces. Eux, ce qui les intéresse, ce sont les plantes dont ils dégustent la sève.

Les puces peuvent vivre une dizaine de mois, les femelles vivant plus longtemps que les mâles. Tout commence par un œuf pondu par la femelle puce sur son hôte (un animal, humain y compris), ou dans son environnement, sachant que le nombre d'œufs pondus varie selon les espèces. Puis l'œuf devient une larve qui mue plusieurs fois en se nourrissant de débris organiques et de sang, avant de devenir une nymphe. À ce stade, elle marque un temps de repos. Elle se nourrit peu et reste immobile. Devenue adulte en une vingtaine de jours depuis son éclosion, elle reste enfermée dans son cocon pendant plusieurs mois. Quand les conditions sont propices, les puces émergent alors et se mettent soudainement à pulluler en même temps. Avant son premier repas, si la puce ne trouve pas un hôte accueillant, elle peut jeûner plusieurs mois. Après, ce ne sera plus pareil.

Les puces sont hématophages : elles vivent du sang des mammifères et des quelques oiseaux qu'elles infectent. Elles passent d'un animal à l'autre, véhiculant ainsi des maladies. Il y a une multitudes d'espèces chez les puces. On les rencontre souvent sur les carnivores domestiques. La « puce du chat » est la plus célèbre et la plus fréquente dans les habitations humaines. Malgré son nom, on la trouve aussi sur les chiens et les humains. Il y a aussi des puces, dites du chien, du rat, de l'homme, etc. On distingue les puces de fourrure (qui sont constamment sur un hôte, quitte à en changer), les puces nidicoles (qui vivent dans l'abri de leur hôte, souvent un oiseau, et ne vont sur leur hôte que pour se nourrir en le piquant) et les puces sédentaires (qui restent fixées sur leur hôte, comme des puces du rat ou du lapin ; une espèce, la puce-chique, s'incruste même sous la peau de l'homme, en général au niveau des pieds, occasionnant une maladie de peau, la tungose, qui peut être fatale).

Pour parler savant, disons que les puces sont des siphonaptères dont seules certaines espèces sont synanthropes (vivant près des humains). Elles mesurent de deux à six millimètres, voire plus. Le mâle est plus petit et moins vorace que la femelle. Les puces aiment être dans un environnement chaud et humide. Sans hôte, elles ne vivent que quelques jours. Elles ont une tête, un thorax, un abdomen, deux yeux avec deux antennes et trois paires de pattes adaptées au saut. Une cuticule solide garnie de soies et d'épines les protège. Elles peuvent sauter jusqu'à cent-cinquante fois leur hauteur, soit trente centimètres pour une puce de deux millimètre, mais les sauts moyens sont plutôt de dix centimètres ou moins. Les puces ont une carapace dure qui ne peut être écrasée facilement. Elles sont de couleur brunâtre et se fondent facilement dans leur environnement. Ce sont des parasites, mais on leur reconnaît des qualités, comme de nourrir le sol par leurs déjections (enfin, celles-ci servent plutôt de nourriture aux larves), ou surtout de servir de proies aux araignées, fourmis et oiseaux insectivores. Ou encore de favoriser le commerce par la vente de produits et de colliers anti-puces...

Leurs piqûres causent des hémorragies ponctuelles et des boutons rouges, ainsi que des démangeaisons, souvent sur les jambes et les bras. Elles peuvent transmettre la peste (n'y revenons pas!) et le typhus.

On a cru jadis, et jusqu'au XVIIIe siècle, que les puces apparaissaient par génération spontanée à partir de la pourriture. De façon générale, dans l'histoire, l'image de la puce est plutôt négative, même si dans la Grèce antique, elle a pu être un thème de comédie et de satire, voire un thème affectueux quand des jeunes filles de petite taille étaient comparées à des puces. Dans l'Empire byzantin, on raconta aussi qu'un saint était capable, après sa mort, de commander aux puces de piquer une mécréante afin qu'elle se convertisse – qu'elle la « retourne » donc. Lors de la Renaissance, on découvrit enfin la puce telle qu'elle était, grâce au microscope. On commença à l'admirer pour sa petitesse et la puissance de ses sauts. Les Européens débarquant aux Amériques y découvrirent la puce-chique, tout en y amenant la puce européenne. Celle-ci a participé au choc des parasites qui a décimé la population amérindienne. Jusqu'à la fin du XVIIIe siècle, la puce faisait partie de le vie quotidienne de tout un chacun, pauvre ou riche. Elle devint même un thème littéraire. À Versailles, l'étiquette demandait de ne pas se gratter en public, ou d'ignorer la puce se trouvant sur plus grand que soi. Dans la bonne société, quand un gentilhomme attrapait une puce sur une femme, s'il était galant, il la lui rendait, mais déposée dans un écrin. Les bijoutiers se mirent alors à vendre des puces vivantes attachées à un fil d'argent. Mais les puces purent aussi a contrario servir à nourrir la misogynie : les femmes et les enfants, à la peau plus tendre, furent supposées attirer les puces. La chasse à la puce sur le corps féminin a par contre été un thème de peinture d'ordre érotique, ou de fantasme pour la gent masculine rêvant d'être métamorphosée en puce pour explorer l'intimité féminine. L'hygiénisme du XIXe siècle mit fin à ce thème érotique. On voulut être propre dans des vêtements propres. Seules restèrent les puces savantes (des puces attachées à des objets pour faire des tours) des cirques de puces. Enfin, à la fin de ce même siècle, le rôle de la puce comme vecteur de la peste fut démontré. Le thème de la puce érotique était bien loin , disparu à jamais...

Aujourd'hui, en français, quand on parle des puces en rapport avec les humains, il s'agit plutôt des puces électroniques (outre, quand même, les puces des animaux domestiques). On a pu mettre de telles puces dans certains insectes, comme dans les ailes de papillons pour suivre leurs déplacements, ou dans le cerveau de mouches drosophiles pour contrôler leurs mouvements. Par contre les vraies puces sont trop petites pour en recevoir. De façon générale, des insectes ainsi « pucés » peuvent servir à contrôler la qualité de l'air et de l'eau, ou à lutter contre des parasites, ou à étudier le comportement animal. Des nanopuces peuvent aussi servir à contrôler la population. Déjà, les chats et les chiens peuvent avoir des puces électroniques en plus de leurs puces naturelles. Un jour, les humains seront peut-être aussi « pucés ». S'il y a un jour un vrai monstre de Frankenstein, il ne viendra pas de puces naturelles, mais d'inventions humaines qui finiront pas échapper au contrôle humain. C'était d'ailleurs le thème du roman de ce nom.

En attendant, restons-en aux insectes naturels, dont je me suis fait le porte-parole ! Savez-vous que nous les insectes, nous avons tous notre personnalité ? Vous aviez pensé que nous étions comme des robots anonymes, indifférenciés, eh bien vous vous trompiez ! Des études révèlent qu'au sein d'une même espèce et d'une même colonie, les individus peuvent avoir chacun leur personnalité. Certains sont plus ou moins audacieux ou prudents que d'autres, curieux ou indifférents, agressifs ou dociles, sociables ou associables, actifs ou sédentaires. Même parmi les insectes dits sociaux, il peut y avoir des cas asociaux. Après tout, c'est normal : la personnalité de toute vie animale se forme d'après l'inné et, surtout, l'acquis, donc d'après le vécu de chacun, par exemple les expériences subies, ou encore la nourriture reçue, l'environnement, le soin des parents.

Ces variations entre individus ont des conséquences majeures dans plusieurs domaines. Elles jouent notamment un rôle dans la stabilité des écosystèmes : le rendement de pollinisation des fleurs est ainsi meilleur avec des abeilles agressives. Le succès de la reproduction dépend aussi des individus : certaines veuves noires, trop agressives s'adonnent à un cannibalisme précopulatoire clairement contre-productif, tandis que des araignées mâles trop bagarreuses font fuir les femelles d'une mare, ce qui n'est pas mieux quand on veut se reproduire. La personnalité d'un insecte joue aussi un rôle dans la prédation : les audacieux chassent partout, au contraire d'individus plus prudents. Il en va d'ailleurs de même pour leurs proies : selon leur personnalité, elles seront plus ou moins chassées ou attrapées. La flore est, elle aussi, concernée, mais indirectement : des nymphes de libellules hyperactives font chuter le nombre de daphnies (des petits crustacés), ce qui engendre une envolée des phytoplanctons et des algues. La répartition des espèces sur terre dépend aussi des individus. Il faut des curieux et des asociaux pour partir coloniser. La différence de personnalité entre individus a aussi joué un rôle dans l'évolution des espèces : ceux qui sont partis et sont restés à l'écart ont pu constituer une nouvelle espèce. Enfin, elle est aussi importante en ce qui concerne leur survie : la personnalité des insectes varie selon qu'ils vivent à la ville ou à la campagne, qu'ils résistent plus ou moins à la pollution et au changement climatique.

Alors, la prochaine fois que vous verrez un insecte (et plus particulièrement une puce), ne le considérez pas comme un simple membre anonyme de son espèce, voyez plutôt en lui un individu ayant sa propre personnalité et méritant tout votre respect. Surtout si c'est une puce. Peut-être s'agira-t-il en effet d'une puce pucelle comme celle de ce livre... Peut-être, elle aussi, voudra-t-elle, comme telle, sauver le monde ?

Et si vous l'aidiez plutôt ?

Page Facebook de l'auteur :
le poisson rouge philosophe

Autres livres du même auteur vendus en ligne sur les sites comme Amazon, la Fnac, Cultura, leslibraires.fr, placedeslibraires.fr, uculture.fr, etc., :

Opticon Tessour (1950-2049) philosophe et président de la République française

Notre ancien président Opticon Tessour n'est plus.

L'auteur, qui fut le préfacier de deux de ses livres, nous apporte ici son témoignage sur la vie et la philosophie de celui qui fut notre président de la République le plus âgé, mais aussi le plus épris de sagesse.

Il retrace ici les grands événements de ses mandats, et récapitule quels furent les enseignements d'Opticon Tessour sur le bonheur et les grands principes de la République.

L'entonnoir de la vie

L'entonnoir de la vie ? Quel rapport peut-il y avoir entre la vie et un entonnoir ? La vie serait-elle comme un entonnoir ?

Quand on entre dans la vie, l'univers des possibles est déjà limité, comme avec un entonnoir. Puis, avec les années qui passent, cet univers se rétrécit, et l'on glisse inexorablement vers sa fin, tout comme avec un entonnoir l'on glisse vers son bout.

Mais tant qu'il y a de la vie, il y a de l'espoir !

Ce livre joue alors au jeu de la vie, au jeu des sept familles ramenées à deux, pour simplifier : il raconte l'histoire de deux familles, avec leurs multiples personnalités et destins où chaque individu est comme un entonnoir qui peut déboucher à son tour sur un nouvel entonnoir, et la vie se prolonger ainsi indéfiniment. Cela fait au final tout un tas d'histoires qui témoignent de la vie de tous ces émigrés et Français de souche qui ont fait la France actuelle. D'un entonnoir à l'autre, c'est l'histoire de plusieurs vies, c'est l'histoire de la France d'hier et d'aujourd'hui.

La conspiration des chats

Les chats pourraient-ils un jour ourdir une conspiration pour dominer le mon Insidieusement, à pas feutrés, ils se sont mis à remplacer le chien dans nos foyers. Le plus vieil ami de l'homme a cédé sa place à un être qui a pris ses aises chez nous.

Jusqu'à présent, de gré ou de force, tous les animaux obéissaient à l'homme. Mais le chat n'obéit qu'à lui-même, et maintenant l'homme lui obéit. Veut-il entrer ou sortir, veut-il manger, ou quoi que ce soit d'autre ? L'homme lui ouvre les portes et le nourrit, se tient à sa disposition, lui donne son fauteuil, son canapé, son lit, partout la meilleure place. Le chat ne vit pas chez l'homme, c'est l'homme qui vit chez le chat. Que lui manque-t-il alors pour être vraiment le maître du monde ? Une ultime mutation ? Une véritable conspiration ?

La conspiration des rats

Des rats, et puis des rats, et encore des rats ! Des rats par-ci, des rats par-là, des rats là-haut, des rats là-bas ! Des rats partout, des rats, des rates et des ratons, des familles de rats, des hordes de rats, toutes sortes de rats, par centaines, par milliers, par millions !

Imaginez tous ces rats qui sortiraient des égouts de Paris pour se montrer au grand jour. Imaginez qu'ils formeraient alors la gigantesque armée d'un royaume conquérant. Imaginez des humains qui les combattraient, tandis que d'autres voudraient leur donner l'intelligence et le pouvoir. Imaginez ensuite tout ce que cela pourrait faire si les rats s'en prenaient à nous et aux lieux où nous vivons. Imaginez enfin des rats mutants qui grossiraient jusqu'à devenir vraiment énormes et qui partiraient à la conquête du monde. Si vous imaginez tout cela, vous imaginez la conspiration des rats, une conspiration aussi surprenante que multiforme.

Autres livres de l'auteur, sous le nom d'Opticon Tessour :

Tout cela a-t-il un sens ?
Comprendre la vie, le monde et l'histoire
grâce aux... poissons rouges !

Comment expliquer le monde qui nous entoure, ce tourbillon de vie qui entraîne tout ce qui existe ? Pourquoi la vie ? Pourquoi la mort ? Tout cela a- t-il un sens ? Opticon Tessour, le chercheur français mondialement inconnu, formé dans les plus grandes universités comme Cambridge et Harvard, dérange les mythologies, les religions et la théologie, la philosophie, l'histoire, la science et la littérature pour tenter d'expliquer l'inexplicable. Dans un style limpide comme l'eau de pluie que traverse l'arc-en-ciel un jour d'été, il dévoile enfin le pourquoi du comment du sens de l'histoire. Et cela, grâce à ses poissons rouges ! Ceux-ci, pourtant muets comme des carpes, nous donnent ensuite leur point de vue, ou du moins celui d'Opticon Tessour lui-même qui, s'étant assoupi dans son spa après un repas bien arrosé, s'est vu en poisson rouge. Opticon Tessour a alors tout compris : le Big Bang, la naissance des atomes, puis celle des poissons rouges, leur vie mouvementée, leur destin singulier, et partant celui de l'Univers entier.

Les poissons rouges peuvent-ils nous apprendre à être heureux comme des poissons dans l'eau ? Ou simplement à nous imprégner de leur ineffable sérénité ? Voici un livre pour en être persuadé. C'est en tout cas l'opinion qu'Opticon Tessour partage avec lui-même. Cela peut avoir du sens, et puis l'histoire ne devrait pas finir en queue de poisson ! Afin de tirer le meilleur parti de ce livre, il ne vous sera pas nécessaire de vous mettre dans la tête d'un poisson rouge, ni de demander à votre poisson rouge préféré des explications si vous ne comprenez pas tout, mais peut-être qui sait si entre lui et vous, les similitudes ne sont pas plus grandes qu'escompté ? Dans ce cas, les réponses données à vos poissons rouges ou par les poissons rouges seraient aussi les vôtres, et vous pourriez alors comme eux nager dans leur apaisante sérénité...

Le cri du poisson rouge

Le cri du poisson rouge ? Mais quel peut être ce cri, puisque les poissons, rouges ou non, sont tous muets comme des carpes ? La nature de ce cri, c'est ce que ce livre vous propose de découvrir, ainsi que plusieurs anecdotes concernant les poissons, rouges ou non. Des anecdotes qui en disent aussi beaucoup sur le genre humain lui-même.

Opticon Tessour, le célèbre auteur de *Tout cela a-t-il un sens ?*, signe ici un livre qui fera date pour qui s'intéresse aux poissons, rouges ou non.

À sa demande, Joël Carobolante, trésorier honoraire de l'Association ataraxique des amis des animaux aquatiques et des amphibiens, a accepté bien volontiers de préfacer cet ouvrage.

Élisez-moi à l'Élysée !

Opticon Tessour vous demande de l'élire à la présidence de la République dans ce livre qui présente le candidat, ainsi que son programme, pour l'élection de... 2037 !

Ce n'est pas qu'Opticon Tessour s'y prenne en avance, c'est que l'action de ce livre se situe en 2033. Pourquoi 2033 ? L'auteur veut sans doute anticiper sur lui-même, être en avance sur son temps. Allez savoir...

En tout cas, tenez-vous prêts, informez-vous, lisez donc le livre d'Opticon Tessour dès maintenant !

Ce livre est la transcription d'un entretien accordé par l'auteur à Pierre Pratlong, du journal « Le cri du poisson rouge ».

**Le petit dico des grandes citations
(et des moins grandes)
à connaître absolument**

Qui a écrit quoi ? Et pourquoi ?

Encore un livre de citations... Les livres de citations abondent, alors pourquoi en faire un de plus ? Parce que chacun d'eux est quand même différent. Les possibilités de citer telle ou telle personne sont tellement infinies, tant les citations possibles sont nombreuses, que chaque ouvrage ne peut être qu'unique. Celui-ci se propose ainsi de rassembler les citations à connaître absolument, qu'elles soient grandes ou petites, très sérieuses ou beaucoup moins. Il s'agit bien sûr d'un choix forcément subjectif, celui de l'auteur de cet ouvrage, mais qui vise à intéresser le plus grand nombre possible de lecteurs.

Ce petit dico ambitionne ainsi de rassembler la fine fleur des citations pour en constituer un florilège, afin de faire réfléchir et de distraire. Faire réfléchir pour mieux comprendre la vie, le monde et ceux qui l'habitent, et distraire grâce à quelques pensées amusantes, car la vie est ainsi, avec ses moments gais et d'autres moments qui le sont moins. Des moments variés accompagnés et enrichis par la lecture de ce petit dico, un petit livre qui se veut utile et facile à lire. Utile, car il rassemble toute la sagesse humaine, et facile à lire, car il n'est ni trop petit, ni trop gros !

Autres livres chez BOD vendus en ligne sur les sites comme Amazon, la Fnac, Cultura, leslibraires.fr, placedeslibraires.fr, uculture.fr, etc., :

Nitro 11

de Phil Haé

Attachez vos ceintures !

Suivez les multiples interventions policières de Paul Hea : un carnaval mouvementé, une bombe dans un immeuble, une attaque de bijouterie, la disparition d'un proche...

Paul Hea va être au cœur d'enquêtes à suspense, de courses-poursuites, de scènes d'actions et de cascades spectaculaires.

Que ce soit sur la terre, sur la mer ou dans les airs, Paul Hea poursuit sans relâche sa mission : coffrer les traqués !

Dakaï

de Spirit Black

L'île de Sikan est peuplée de monstres en tous genres.

Vous allez suivre les aventures de sept héros, qui ont chacun leur propre histoire. Mais ils ne se croiseront pas. Par contre, tous feront la connaissance d'un monstre nommé Dakaï, ainsi que d'autres protagonistes qui pourraient avoir un rôle important.

Le vrai méchant est-il celui que tout désigne ? Qui est vraiment responsable de tout ce qui arrive ?

Vous le saurez en suivant nos héros.

Tout acte a ses conséquences.

Le prix sera lourd à payer.

Mystères
Sept histoires abracadabrantesques

de Brigitte Carobolante

Voulez-vous rêver et vous évader ?

Alors, plongez dans ces sept histoires pour y découvrir le mystère de chacune.

Suivez les pas d'Alice, rencontrez le peuple de Zorg et découvrez d'autres aventures.

Ces histoires, pour petits et grands, à la lecture facile, un peu semblables à des contes, vous emmèneront vers des intrigues nimbées de fantastique.

En route !

Un voyage vous attend pour un périple qui vous transportera aux confins de la réalité vers l'imaginaire.